1

海《うみ》の怪《かい》事《じ》件《けん》

「この記事《きじ》をどう思《おも》うかね、コンセイユくん？」

ピエール・アロナクス博士《はかせ》が、そういってぼくに新聞《しんぶん》をわたしたのは、*1ニューヨークのホテルで、出発《しゅっぱつ》のしたくをしているときのことでした。

アロナクス博士《はかせ》は、フランスの*2海洋学者《かいようがくしゃ》で、ぼくはその助手《じょしゅ》です。このときは、アメリカでの研究《けんきゅう》を終《お》えて、国《くに》に帰《かえ》ろうとするところでした。

そんけいするアロナクス博士《はかせ》が、きょうみをもった新聞記事《しんぶんきじ》とはどんなものだろう。そう考《かんが》えながら受《う》けとってみると、いきなり大《おお》きな見出《みだ》しが、目《め》にとびこんできました。

海《うみ》にうかぶなぞの物体《ぶったい》　巨大生物《きょだいせいぶつ》か、それとも動《うご》く島《しま》か？
多数《たすう》の目《もく》げき情報《じょうほう》、ついに船《ふね》とのしょうとつ事故《じこ》も発生《はっせい》！

＊1ニューヨーク…アメリカ合衆国《がっしゅうこく》の北東部《ほくとうぶ》にある、大西洋《たいせいよう》に面《めん》した都市《とし》。
＊2海洋学者《かいようがくしゃ》…海《うみ》にすむ生物《せいぶつ》や自然《しぜん》などを研究《けんきゅう》する人《ひと》。

——去年《きょねん》、つまり一八六六年《ねん》、オーストラリアの近《ちか》くの海《うみ》で、*1汽《き》船《せん》がきみょうなものと出《で》くわした。長《なが》さ七十メートルはありそうな、黒《くろ》くて細長《ほそなが》いものが、海面《かいめん》すれすれに見《み》えたのだ。

さいしょは、海面《かいめん》の下《した》にかくれていて、船《ふね》の事故《じこ》のもととなる岩《いわ》場《ば》かと思《おも》った。だが、とつぜんそれが、プシューッと二本《ほん》の水柱《みずばしら》をふきあげたものだから、汽《き》船《せん》に乗《の》っていた人《ひと》たちはびっくりした。

はたしてこれは何《なに》か。「間《かん》けつ泉《せん》」といって、地面《じめん》の下《した》からあつい湯《ゆ》がふきだしたり、止《と》まったりする*2現象《げんしょう》があるが、そのようなものか。それともクジラのように、しおをふく巨大《きょだい》な生《い》き物《もの》なのか。

その答《こた》えが出《で》ないまま三日《みっか》たって、四千キロもはなれた太平洋《たいへいよう》の真《ま》ん中《なか》で、そっくりのことが起《お》きた。半月後《はんつきご》さらに、そこから八千

キロはなれた大西洋上《たいせいようじょう》でも——。
もし、これが生《い》き物《もの》だとしたら、あまりに大《おお》きすぎるし、かといって、岩場《いわば》とか島《しま》のようなものだとすると、どうやって、そんな猛《もう》スピードで移動《いどう》できたかが、わからない。
何《なに》かの見《み》まちがいだろうとか、船乗《ふなの》りたちがいいつたえてきた海《うみ》の怪物《かいぶつ》があらわれたのだとか、いいかげんな説《せつ》が世《よ》の中《なか》をにぎわせた。ところが、よく年《ねん》になると、さらに見《み》た者《もの》がふえ、とうとう事《じ》故《こ》まで起《お》こってしまった。
アメリカのフロリダ半島沖《はんとうおき》で、カナダの船《ふね》が何《なに》かにはげしく船尾《せんび》*3をぶつけ、あやうく、あなが開《あ》いてしまうところだった。おかしな

*1汽船《きせん》…蒸気《じょうき》の力《ちから》によって進《すす》む船《ふね》。
*2現象《げんしょう》…目《め》に見《み》える出来事《できごと》や物事《ものごと》。
*3船尾《せんび》…船《ふね》の後《うし》ろの部分《ぶぶん》のこと。

ことに、そのあたりには船《ふね》がぶつかるような岩場《いわば》などはなかった。

一か月後《げつご》、イギリスの*外輪式《がいりんしき》の客船《きゃくせん》が何《なに》ものかにぶつけられ、今度《こんど》はほんとうにあなが開《あ》いて、船《ふね》の一部《いちぶ》が水《みず》びたしになった。あとで調《しら》べると、何《なに》かとがったものでつきやぶったあとが見《み》つかった。

そこへ、また新《あら》たな事件《じけん》が起《お》こった。サンフランシスコから中国《ちゅうごく》の上海《シャンハイ》に向《む》かっていた汽船《きせん》が、太平洋《たいへいよう》の北《きた》のほうで、この巨大《きょだい》な物体《ぶったい》と出《で》くわしたというのだ。つい三週間前《しゅうかんまえ》のことである。

もうこうなっては、ほうってはおけない。そこで、アメリカ政府《せいふ》では、近《ちか》く調査船《ちょうさせん》を出《だ》して、原因《げんいん》をつきとめる予定《よてい》である……。

新聞《しんぶん》を読《よ》みおえて、ぼくは考《かんが》えこんでしまいました。

「こんなに、あちこちにあらわれるところを見《み》ると、岩場《いわば》とか島《しま》ではなく、生《い》き物《もの》のように思《おも》えます。でも先生《せんせい》、長《なが》さが七十メートルもあって、三日《みっか》で四千キロも移動《いどう》して、ぶつかった船《ふね》に大《おお》あなを開《あ》けてしまう……そんな生《い》き物《もの》がいるでしょうか。」

ぼくがそういうと、アロナクス博士《はかせ》は考《かんが》えこみながら、

「少《すく》なくとも、これまで一度《いちど》も見《み》たことも聞《き》いたこともないね。だからといって、ぜったいにいないともかぎらない。地球《ちきゅう》の三分《ぶん》の

＊外輪式《がいりんしき》…外側《そとがわ》にある水車型《すいしゃがた》の輪《わ》が回《まわ》り、動《うご》く仕組《しく》み。

二をしめるという海《うみ》に、どんな生《い》き物《もの》がいるか、わかったものではない。そのことは、きみだって知《し》っているだろう、コンセイユくん。」

博士《はかせ》のいうとおりでした。ぼくは博士《はかせ》についてあちこちに出《で》かけ、標本《ひょうほん》を採集《さいしゅう》したり、整理《せいり》したりするおてつだいをしてきました。

おかげで、ぼくは、この世界《せかい》には、よくこんなふしぎな生《い》き物《もの》がいるな、といいたくなるようなものが、いっぱいいると知《し》ることができたのでした。

「それでは博士《はかせ》は、これはどんな生《い》き物《もの》だとお考《かんが》えになりますか。」

「たぶん、イッカク[*1]のような生《い》き物《もの》ではないだろうか。まるで、やりのようなキバを長《なが》く前《まえ》につきだしている。そのするどさときた

ら、ふつうのクジラの体《からだ》や船《ふね》の底《そこ》に、かんたんにあなを開《あ》けてしまうほどだ。もし、深《ふか》い海《うみ》のどこかに、ものすごく大《おお》きなイッカクの一種《いっしゅ》がすんでいて、それが何《なに》かのひょうしにあらわれたのだとしたら、＊2怪事件《かいじけん》の説明《せつめい》がつくのではないかと、思《おも》うんだよ。」

「なるほど……。」

と、ぼくは感心《かんしん》してしまいました。けれど、博士《はかせ》はざんねんそうにため息《いき》をついて、

「だが、これはただの空想《くうそう》にすぎない。もし、ほんとうにそんな巨《きょ》大《だい》な怪物《かいぶつ》がいるのなら、ぜひこの目《め》で見《み》てみたいものだが……。」

「そうですねえ。」

と、ぼくが答《こた》えたときでした。ホテルの部屋《へや》にノックの音《おと》がしました。

＊1イッカク…北極圏《ほっきょくけん》にいるクジラの仲間《なかま》。体長約《たいちょうやく》五メートルで、頭《あたま》に三メートルほどの長《なが》い一本《ぽん》の角《つの》のようなキバがあり、まれに二本《ほん》あるものもいる。＊2怪事件《かいじけん》…ふしぎな、あるいは不気味《ぶきみ》な事件《じけん》。

ドアを開《あ》けると、船長《せんちょう》の制服《せいふく》を着《き》た男《おとこ》の人《ひと》が立《た》っていました。

「アロナクス博士《はかせ》のお部屋《へや》は、こちらですか。」

「はい、そうですが。」

ぼくが答《こた》えると、その男《おとこ》の人《ひと》はにこっとして、こういったのです。

「わたしは、ファラガットといって、リンカーン号《ごう》という船《ふね》の*艦長《かんちょう》をしております。アメリカ政府《せいふ》から、最近《さいきん》、海《うみ》で起《お》こっている現《げん》象《しょう》の調査《ちょうさ》を、命《めい》じられましてね。ぜひ、アロナクス博士《はかせ》にも、参《さん》加《か》していただきたいのです。どうでしょうか。」

「えっ。」

ぼくはびっくりして、アロナクス博士《はかせ》のほうを見《み》ました。

すると、博士《はかせ》もちょっとおどろいたようですが、やがてにっこりわらうと、大《おお》きくうなずきました。

「わかりました。引《ひ》きうけましょう。コンセイユくん、きみもついてきてくれるだろうね。」

「もちろんですとも！」

ぼくは、すぐに答《こた》えました。こうして、ぼくたちの冒険旅行《ぼうけんりょこう》が始《はじ》まったのです。

＊艦長《かんちょう》…軍艦《ぐんかん》で、乗組員《のりくみいん》を指揮《しき》する最高責任者《さいこうせきにんしゃ》。

2

リンカーン号《ごう》に乗《の》って

リンカーン号《ごう》が、ニューヨークの港《みなと》を出発《しゅっぱつ》したのは、そのたった三時間後《じかんご》のことでした。

この船《ふね》は最新式《さいしんしき》のスクリュー船《せん》*1で、強力《きょうりょく》な蒸気《じょうき》エンジンをそなえ、ほかの船《ふね》よりはるかに速《はや》いスピードを出《だ》すことができました。

それだけではなく、たくさんの大《たい》ほうや銃《じゅう》をそなえ、海《うみ》にくわしい、いろんな人《ひと》たちを乗《の》せていました。すべて、なぞの怪物《かいぶつ》の正体《しょうたい》をたしかめ、うまくいけばつかまえるためです。

ぼくはアロナクス博士《はかせ》とともに、いっぱいの荷物《にもつ》をかかえて出発《しゅっぱつ》

直前《ちょくぜん》のリンカーン号《ごう》に乗《の》りこみました。あんまりあわてていたので、ちょうど甲板《かんぱん》にいた男《おとこ》の人《ひと》にぶつかりそうになって、

「あっ、すみません。」

と、あやまったところ、

「……気《き》をつけろよ。」

その男《おとこ》の人《ひと》は、目《め》をギョロッとさせて答《こた》えました。すごく、背《せ》が高《たか》くて、あごひげを生《は》やし、たくましい体《からだ》をした人《ひと》でした。ぼくが、そのはく力《りょく》にびっくりしていると、ファラガット艦長《かんちょう》がそばから、

「かれはネッド・ランドといって、カナダ人《じん》の漁師《りょうし》です。*2もり打《う》ちの名人《めいじん》で、どんなクジラでも、しとめてしまうのですよ。ことによったら、この船《ふね》のどんな武器《ぶき》より、たのもしいかもしれません。」

*1スクリュー船《せん》…プロペラが回転《かいてん》する仕組《しく》みで進《すす》む船《ふね》。
*2もり打《う》ち…もりという、魚《さかな》をつきさす先《さき》のとがった道具《どうぐ》を使《つか》って、大《おお》きな魚《さかな》やクジラなどをとる人《ひと》。

と、しょうかいしました。アロナクス博士《はかせ》はそれを聞《き》いて、

「そうでしたか。どうか、よろしく、ネッドくん。」

「……よろしく。」

ネッドはぶっきらぼうにいうと、博士《はかせ》やぼくとあく手《しゅ》をしました。

（なんだか、こわそうな人《ひと》だな。）

と、ぼくは思《おも》いましたが、やがてこのネッドがゆうかんで、だれよりも海《うみ》にくわしく、たよりになる人《ひと》だとわかっていくのでした。

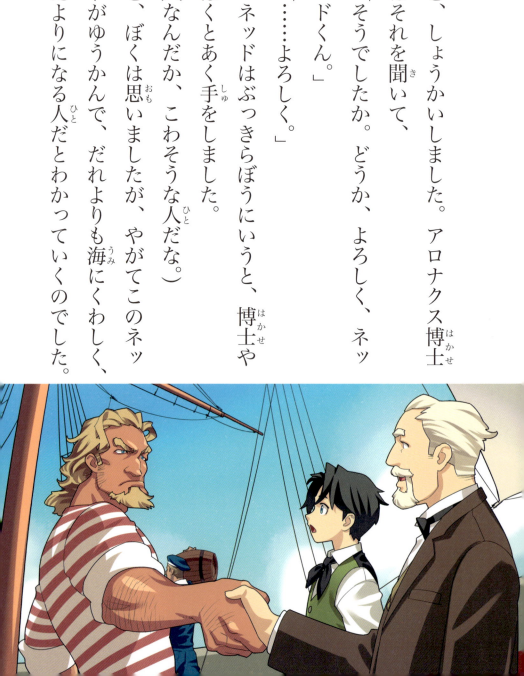

リンカーン号《ごう》はそれから南《みなみ》へ進《すす》み、*赤道《せきどう》をこえました。南《みなみ》アメリカ大陸《たいりく》にそって進《すす》み、ホーン岬《みさき》をめぐって太平洋《たいへいよう》に出《で》ました。

今度《こんど》は北《きた》へ——ふたたび赤道《せきどう》をこえて、太平洋《たいへいよう》のど真《ま》ん中《なか》へ。こう書《か》くと短《みじか》いようですが、ほんとうは何《なん》か月《げつ》もかかったのです。

その間《あいだ》、アロナクス博士《はかせ》とネッドは、よくこんなぎろんをしていました。

*赤道《せきどう》…地球《ちきゅう》の表面《ひょうめん》で、北極《ほっきょく》と南極《なんきょく》から等《ひと》しいきょりにある地点《ちてん》を結《むす》んだ線《せん》。

「おれは、子《こ》どものときから海《うみ》で漁《りょう》をし、クジラと戦《たたか》ってきた。だが、そんな何《なん》十メートルもある怪物《かいぶつ》なんか見《み》たことがない。まして鉄製《てつせい》の船《ふね》にあなを開《あ》けられるものなんか、いるはずがないよ。」

ネッドがそういうと、アロナクス博士《はかせ》は首《くび》をふって、

「いや、それはわからないぞ。もしも深《ふか》い海《うみ》の底《そこ》にすんでいる生《い》き物《もの》がいたとしたら、そいつは、ものすごく強《つよ》い、水《みず》*1の圧力《あつりょく》にたえなければならない。

たとえば、きみが水《みず》に十メートルもぐったとして、きみの体《からだ》に、どれだけの重《おも》さがかかるか、わかるかね？」

「さあね。どれくらいになるんだい。」

「一キログラムが、*2一平方《へいほう》センチメートルずつ、全身《ぜんしん》にかかるんだ

よ。すごい圧力《あつりょく》だ。もし、一万《まん》メートルの深海《しんかい》だとしたら――？」

「その千倍《ばい》で、一トンか。つまり、それだけの重《おも》みにたえなければならないから、ものすごくがんじょうな体《からだ》をしてるというんだね。」

「そうだ。そんな生《い》き物《もの》がいて、そいつにイッカクのようなキバがあったとしたら、船《ふね》なんか、かんたんにこわせると思《おも》わないかね？」

博士《はかせ》がいうと、ネッドは、やっと半分《はんぶん》くらいなっとくして、

「ほんとうに、そんなやつがいるとすればね。でもまあ……もし、何《なに》があらわれたとしても、おれのもりで一《ひと》つきにしてやるさ。」

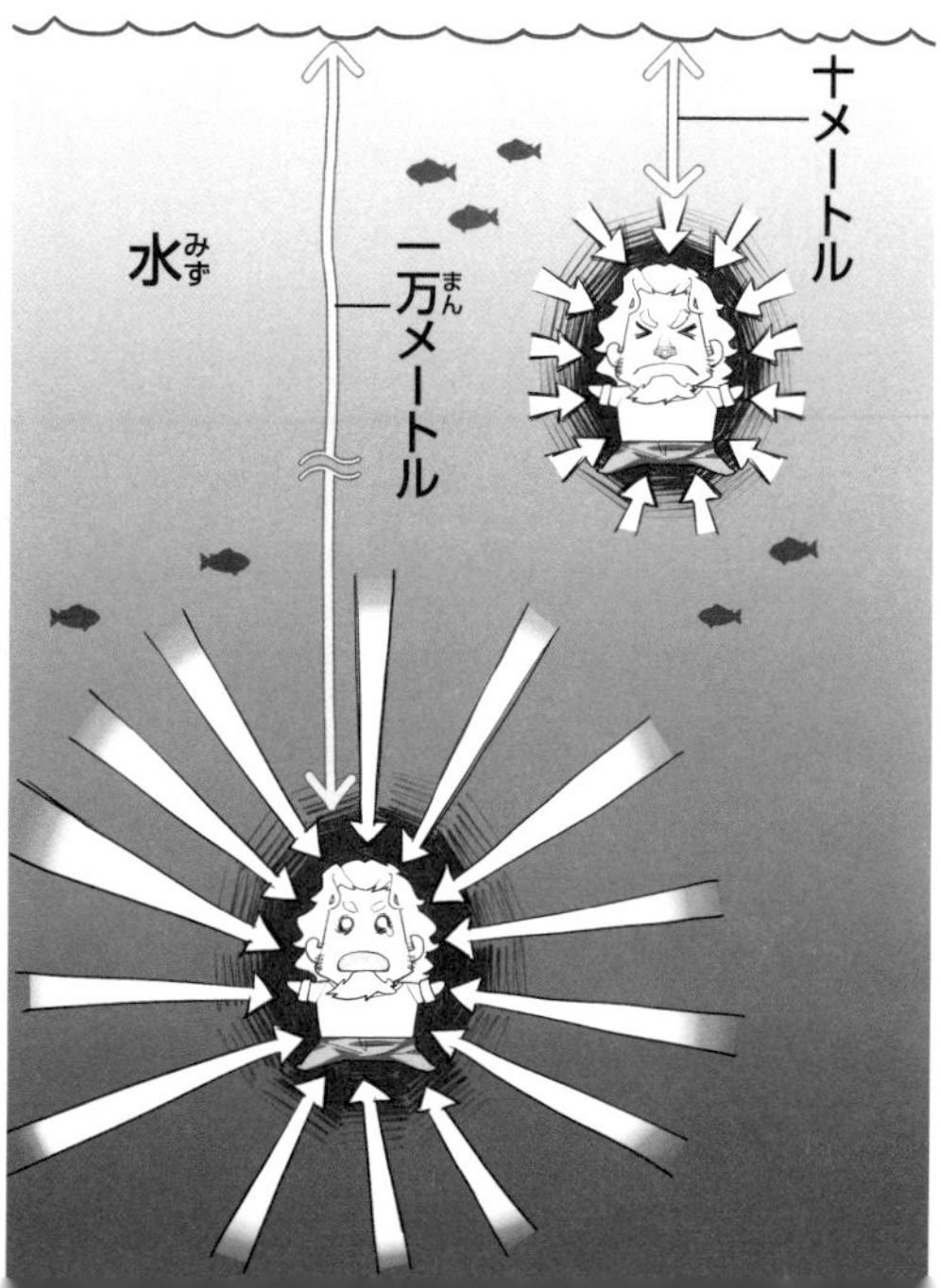

＊1圧力《あつりょく》…物《もの》の表面《ひょうめん》、また内部《ないぶ》におしつける力《ちから》。　＊2一平方《へいほう》センチメートル…一辺《ぺん》が一センチメートルの正方形《せいほうけい》と同《おな》じ広《ひろ》さ。

ネッドは、愛用《あいよう》のもりをにぎりしめながら、いうのでした。

そうこうするうちに、リンカーン号《ごう》はハワイをすぎ、さらにどんどん西《にし》に進《すす》んで、とうとう日本の近《ちか》くにまで来《き》ました。

そして、ついに、偉大《いだい》な学者《がくしゃ》のアロナクス博士《はかせ》と、ベテラン漁師《りょうし》のネッドのどちらが正《ただ》しかったか、わかる日《ひ》がきたのです。

「出《で》たぞーっ、ついにあの怪物《かいぶつ》があらわれたぞ！」

船員《せんいん》たちのさけびが、船《ふね》じゅうにひびきわたりました。それは、雲《くも》の合間《あいま》から月《つき》がのぞく、しずかな夜《よる》のことでした。

3

怪物《かいぶつ》出現《しゅつげん》！

その怪物《かいぶつ》を見《み》つけたのは、目《め》のよいネッドでした。かれの報告《ほうこく》で大《おお》さわぎとなった甲板《かんぱん》にかけつけてみると、船《ふね》から四百メートルほどはなれた海面《かいめん》が、細長《ほそなが》く光《ひか》っていました。

夜光虫《やこうちゅう》という海中《かいちゅう》の生物《せいぶつ》が、ぼんやり光《ひかり》をはなつことがあります。けれども、ぼくたちが見《み》たのは、ギラギラとかがやく光《ひかり》でした。

「あっ、こっちへ近《ちか》づいてくるぞ！」

船員《せんいん》たちがさけびました。

「船《ふね》をせん回《かい》させろ。*取《と》りかじいっぱい、スクリュー逆転《ぎゃくてん》！」

ファラガット艦長《かんちょう》の命令《めいれい》で、リンカーン号《ごう》は大《おお》きく左《ひだり》に曲《ま》がりました。これで相手《あいて》をうまくかわしたつもりでしたが、なんと、あやしい光《ひかり》は、ぼくたちを追《お》いかけてくるではありませんか。

「怪物《かいぶつ》だ！」

船員《せんいん》のだれかが、さけびました。そう、これはもう、ただの自然《しぜん》現象《げんしょう》などではありませんでした。

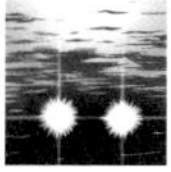

光《ひか》る怪物《かいぶつ》はたいへんなスピードで、リンカーン号《ごう》はすぐに追《お》いつかれました。先頭《せんとう》に、二《ふた》つかがやく目玉《めだま》がありました。

あっ、やられる！　と、だれもがかくごしたときでした。怪物《かいぶつ》は大《おお》きくターンすると、リンカーン号《ごう》のまわりを一周《しゅう》しました。

いったん遠《とお》ざかったかと思《おも》うと、また近《ちか》づいて、今《いま》にもぶつかりそうになったかと思《おも》うと――フッと光《ひかり》が消《き》えてしまいました。

みんながやれやれと思《おも》ったそのとたん、プシューッとものすごい音《おと》がして、はなれた場所《ばしょ》で水柱《みずばしら》のようなものが、ふきあがりました。

そのあとは、今度《こんど》こそしずかになりました。怪物《かいぶつ》はどこかに行《い》ってしまったようです。

しばらくは、だれも口《くち》をきく者《もの》はありませんでした。

＊取《と》りかじ…船《ふね》を左《ひだり》に進《すす》めるように、かじを取《と》ること。

やがて、ネッドが、

「おれがまちがっていたよ、先生《せんせい》。あれはクジラだ。さっきのは、しおふきだよ。そうとわかったからには、かならずしとめてやる。」

そういって、ぶあつい胸《むね》をたたいてみせました。

「う、うむ。たのんだよ、ネッドくん。」

アロナクス博士《はかせ》はそういってうなずきました。でも、そばにいたぼくは博士《はかせ》がこんなふうにつぶやくのを、聞《き》いてしまったのです。

「あんなクジラやイッカクが、いるだろうか。いや、あんなに強《つよ》い光《ひかり》をはなつ生《い》き物《もの》がいるはずは……。」

あくる朝《あさ》、怪物《かいぶつ》はまたしても、すがたをあらわしました。

リンカーン号《ごう》の左後《ひだりうし》ろ、約《やく》二・五キロに、ぽっかり海面《かいめん》からつきでた黒《くろ》い背中《せなか》。後《うし》ろのほうが白《しろ》くあわだっているのは、尾《お》びれで水《みず》をかいているのでしょうか。

そのようすを見《み》つめてから、ファラガット艦長《かんちょう》がさけびました。

「火力《かりょく》を上《あ》げろ。あのクジラに向《む》かって全速前進《ぜんそくぜんしん》！」

夕《ゆう》べ、自分《じぶん》たちを追《お》いかけてきた怪物《かいぶつ》に、こちらから近《ちか》づこうというのです。艦長《かんちょう》は、いざというときのために、大《たい》ほうをうつ用意《ようい》をさせました。

すると、怪物《かいぶつ》はしずかに、逆向《ぎゃくむ》きで動《うご》きはじめました。つまり、にげだしたのです。

それっと、ついせきを開始《かいし》しましたが、怪物《かいぶつ》のスピードはリンカーン号《ごう》よりはるかに速《はや》く、ぼくたちをからかうように、ぐるっとこちらの船《ふね》のまわりを回《まわ》ったりします。

これには、ファラガット艦長《かんちょう》たちもはらを立《た》て、とうとう怪物《かいぶつ》めがけて、大《たい》ほうをうつことにしました。

ドドーン！　ものすごい音《おと》とともにたまが発射《はっしゃ》され、見事命中《みごとめいちゅう》、と思《おも》われたのですが、たまは怪物《かいぶつ》の黒《くろ》い背中《せなか》をツルッとすべり、はじかれるように海《うみ》に落《お》ちてしまいました。

なんてかたい皮ふをした生《い》き物《もの》だろう！　ぼくもアロナクス博士《はかせ》もびっくりしました。

だれもが、もう怪物《かいぶつ》をつかまえることはおろか、その正体《しょうたい》をたしかめることもできないとあきらめかけた——その晩《ばん》、おそく。

海面《かいめん》がピカッと光《ひか》って、あの怪物《かいぶつ》が近《ちか》くにいることがわかりました。とてもしずかで、少《すこ》しも動《うご》かず、まるでねむっているようです。

そこで、ファラガット艦長《かんちょう》は、エンジンをゆるめ、なるべく音《おと》を小《ちい》さくして怪物《かいぶつ》に近《ちか》づき、間近《まぢか》では、風《かぜ》と波《なみ》の力《ちから》だけにたよって、十メートル以下《いか》のところまでせまりました。

ふと見《み》ると、ネッドが左手《ひだりて》に命《いのち》づなのロープ、右手《みぎて》には、じまんのもりをにぎりしめ、船《ふね》から身《み》を乗《の》りだしています。

怪物《かいぶつ》の体《からだ》までは六メートル。ネッドの腕前《うでまえ》で、しかもこのきょりなら、どんな生《い》き物《もの》の体《からだ》にも、もりをつきさすことができるでしょう。

アロナクス博士《はかせ》といっしょに、息《いき》をのんで見《み》ていると、ふいに、ネッドの腕《うで》がのび、もりがはなたれました。
次《つぎ》のしゅん間《かん》、カーンと金《きん》属《ぞく》と金属《きんぞく》がぶつかったような音《おと》がしました。
（えっ、これは……どういうこと？）

ぼくもびっくりしましたが、ネッドは、いっそう、あっけにとられたようでした。

と、そのときです。怪物《かいぶつ》がはなっていた光《ひかり》が消《き》えたかと思《おも》うと、巨体《きょたい》がうなりを上《あ》げて動《うご》きはじめ、それにつれ大波《おおなみ》が起《お》こりました。

リンカーン号《ごう》は、そのすぐそばにいたから、たまりません。どっとおしよせた波《なみ》は、甲板《かんぱん》の上《うえ》にいたぼくたちにおそいかかりました。

「あーっ！」

ぼくは船《ふな》べりの手《て》すりの外《そと》に放《ほう》りだされました。なんとか持《も》ちこたえたものの、アロナクス博士《はかせ》が海《うみ》に落《お》ちてゆくのを見《み》たとたん、

「博士《はかせ》、今行《いまい》きます！」

ぼくは、むがむちゅうで、夜《よる》の海《うみ》にとびこんでいたのです……。

4
機《き》械《かい》じかけのクジラ

暗《くら》くてつめたい海《うみ》にとびこんだとき、ぼくがさいしょに考《かんが》えたのは、すぐそばで流《なが》されたアロナクス博士《はかせ》のことだけでなく、船《ふね》から身《み》を乗《の》りだしていたネッドは、どうなったかということでした。

もう一つ気《き》になったのは、船員《せんいん》のだれかが、「かじとスクリューをやられた！」と、さけんだことで、このときは、その言葉《ことば》のおそろしさには気《き》づきませんでした。

とにかく、必死《ひっし》で泳《およ》ぐうち、どこからか

「助《たす》けてくれ！　助《たす》けてくれ！」

と、さけぶ声《こえ》が聞《き》こえてきました。

そっちに向《む》かうと、月明《つきあ》かりにてらされて、アロナクス博士《はかせ》が、うきしずみしているのが見《み》えました。

あわててそこまで泳《およ》いでいって、博士《はかせ》の体《からだ》をつかまえると、

「おお、コンセイユくん！」

と、ホッとしたように博士《はかせ》がいいました。

それから二人《ふたり》で、おたがいの体《からだ》をささえあいながら、助《たす》けを待《ま》つことにしました。ぼくが、船《ふね》から落《お》ちたときに聞《き》いたことを話《はな》すと、博士《はかせ》は顔《かお》をくもらせて、

「それは、まずいな。かじもスクリューもこわれたとなると、リンカーン号《ごう》は自由《じゆう》に動《うご》けない。つまり、われわれをさがしに来《き》ては

くれないということだ。」

これにはがっかりしましたが、とにかくリンカーン号《ごう》からボートを下《お》ろして、むかえに来《き》てくれるか、それともこちらから船《ふね》に泳《およ》ぎつくか。それまで、もちこたえるほかありませんでした。

それから何時間《なんじかん》、そうしていたでしょう。体《からだ》はへとへとにつかれ、頭《あたま》はもうろうとしてきました。もうこれはだめかと思《おも》ったとき、はるかかなたにリンカーン号《ごう》のすがたが、小《ちい》さく見《み》えました。

「おーい、おーい……。」

「ぼくらはここにいる、助《たす》けてくれえ……。」

最後《さいご》の力《ちから》をふりしぼってさけんだ、そのときでした。どこかで、かすかに声《こえ》が聞《き》こえたような気《き》がしました。だれかが返事《へんじ》をしたのか。それとも、あまりにつかれたので、*1空耳《そらみみ》がしたのか。

そのどちらともわからないうちに、ぼくはスーッと気《き》が遠《とお》くなってゆくのを感《かん》じました。ああ、もうこれでおしまいか……と考《かんが》えたとき、何《なに》か強《つよ》い力《ちから》でグイッと体《からだ》が引《ひ》っぱられました。

そして、ふっとわれに返《かえ》ったとき、ぼくは自分《じぶん》が海《うみ》の中《なか》ではなく、何《なに》かかたくて、しっかりしたものの上《うえ》にいるのに気《き》づきました。見回《みまわ》すと、そばにはアロナクス博士《はかせ》がつかれきって、*2へたりこん

でいます。そして、ここにはもう一人《ひとり》、べつの人間《にんげん》がいたのです。

「ネッドさん！」

ぼくは、その人《ひと》の顔《かお》を見《み》るなり、さけんでしまいました。ネッドは日焼《ひや》けした顔《かお》から、ニッと白《しろ》い歯《は》をのぞかせて、

「やあ、みんな運《うん》が強《つよ》かったらしく、生《い》きのびたな。」

どうやらかれが、ぼくたちをここへ引《ひ》っぱりあげてくれたらしいのです。アロナクス博士《はかせ》も、それにこたえて、

「そのようだね。だが、ここはいったいどこなんだ。われわれの足《あし》元《もと》にあるのは、いったいなんなのだろう。」

そういわれて、あらためて見《み》ると、ぼくらが今《いま》いるのは真《ま》っ黒《くろ》で、丸《まる》みをおびていて、長《なが》さが何《なん》十メートルもあり、水《みず》に半分《はんぶん》うかんだ

＊1空耳《そらみみ》…ほんとうは音《おと》がしていないのに、聞《き》こえたように感《かん》じること。
＊2へたりこむ…力《ちから》がぬけて、その場《ば》にすわりこむこと。

細長《ほそなが》いものの上《うえ》――ぼくはギョッとして、さけびました。

「こ、これは、ひょっとして、あの怪物《かいぶつ》の背中《せなか》!?」

「どうやら、そういうことらしいね。そして、もしわたしの想像《そうぞう》が正《ただ》しかったとすれば、これは深海《しんかい》にすむ巨大《きょだい》なイッカクの一種《いっしゅ》ということになるわけだが……。」

博士《はかせ》はそういって考《かんが》えこんでしまいました。そこへネッドが、

「だけど、こんなイッカクなんか、いるわけがないぞ。ほら!」

というなり、足《あし》で怪物《かいぶつ》の背中《せなか》をけとばしました。するとどうでしょう、カンカンと、

金属《きんぞく》をたたくような音《おと》がしたではありませんか。
「どうやら、われわれは二人《ふたり》とも、まちがっていたようだね。わたしは海《うみ》をあらす怪物《かいぶつ》を、これまで知《し》られていない巨大《きょだい》な生物《せいぶつ》だといい、ネッドくんはそんなものはいないといった。怪物《かいぶつ》はたしかにいた。でも、これは生《い》き物《もの》ではない。人間《にんげん》のつくった機械《きかい》なんだよ。」
「き、機械《きかい》ですって!?」
博士《はかせ》の言葉《ことば》に、ぼくは、びっくりして、

さけんでしまいました。

「そう、これは潜水艦《せんすいかん》といって、最近発明《さいきんはつめい》された、水《みず》にもぐる船《ふね》だ。だが、こんなに巨大《きょだい》で、ものすごいスピードの出《で》る潜水艦《せんすいかん》なんて聞《き》いたことがない。だれが、なんのためにつくったのか……。」

アロナクス博士《はかせ》がいうと、今度《こんど》はネッドがうなずいて、

「だれがつくったにせよ、これが水《みず》にもぐる船《ふね》だとしたら、いつまた、海《うみ》にしずんでしまうかわからないわけだな、そうなったら……。」

「そ、そんな！」

ぼくは、こわくなっていいました。

ちょうど足《あし》の下《した》でブルブルと音《おと》がし、まわりの海面《かいめん》が高《たか》くなりだしました。みんなでガンガンとあちこちをたたいたり、けったりし

て、ぼくらがいることを知《し》らせようとしました。

と、そのときでした。鉄板《てっぱん》の一部《いちぶ》がパカッとふたのように開《あ》き、見《み》なれぬかっこうをした男《おとこ》が、すがたを見《み》せたのは。

男《おとこ》は、ぼくたちに気《き》づくと、何《なに》かさけびました。間《ま》もなくそこから、次々《つぎつぎ》に同《おな》じ服《ふく》を着《き》た男《おとこ》たちが八人《にん》もとびだしてきました。

あっという間《ま》の出来事《できごと》でした。長《なが》いこと海《うみ》をただよって、つかれきっていたぼくたちは、そのまま男《おとこ》たちにとりおさえられ――ネッドは、とくにはげしくていこうしたのですが――あっけなく中《なか》に引《ひ》きずりこまれてしまいました。

そうなのです。ぼくたち三人《にん》は、あやしい潜水艦《せんすいかん》につかまってしまったのです！

5

ネモ船長登場《せんちょうとうじょう》

——目《め》ざめると、そこは、ほんのわずかな家具以外《かぐいがい》、何《なに》もない部屋《へや》でした。

（ここはいったいどこだろう。ぼくは、なんでこんなところにいるんだろう。）

そんなことを考《かんが》えながら、まわりを見回《みまわ》すと、ちょうどアロナクス博士《はかせ》とネッドが目《め》をさまし、むっくりと起《お》きあがるところでした。

われわれは、ゆかのしき物《もの》の上《うえ》でねていたようでした。

テーブルの上《うえ》には、料理《りょうり》を食《た》べたあとのお皿《さら》。そのお皿《さら》には、すべて次《つぎ》のような文字《もじ》が記《しる》されていました。

*MOBILIS《モビリス》 IN《イン》 MOBILI《モビリ》
N《エヌ》

そこで、何《なに》もかも思《おも》いだしました。この潜水艦《せんすいかん》の中《なか》にむりやりつれてこられてから、この部屋《へや》に放《ほう》りこまれたこと。ぼくらをつれてきた男《おとこ》たちに、何《なに》をいっても返事《へんじ》がなかったこと。やがて、運《はこ》ばれてきた食事《しょくじ》をがつがつ食《た》べたこと。

そのとき、お皿《さら》の文字《もじ》に気《き》づいてアロナクス博士《はかせ》にきいたところ、

*ラテン語《ご》の読《よ》み方《かた》です。

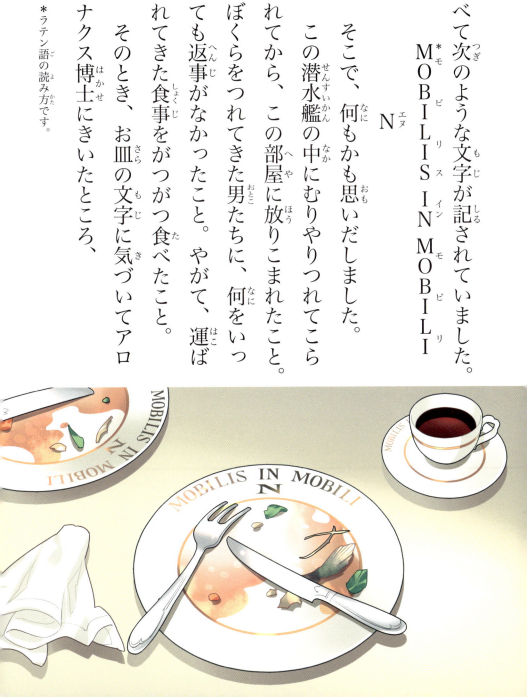

「これはラテン語《ご》で『動中動《どうちゅうどう》あり』——動《うご》く物《もの》の中《なか》に、動《うご》きがある、という意味《いみ》だね。この潜水艦《せんすいかん》をあらわしているとすると、『N《エヌ》』は、この潜水艦《せんすいかん》か、持《も》ち主《ぬし》の名前《なまえ》*1の頭文字《かしらもじ》かもしれないね。」

と答《こた》えたことも、はっきり思《おも》いだされたのです。

そういえば、男《おとこ》たちを指図《さしず》している、とても*2いげんのある人《ひと》がいましたが、あれが潜水艦《せんすいかん》の持《も》ち主《ぬし》「N《エヌ》」なのでしょうか。

——博士《はかせ》の想像《そうぞう》は、二つとも当《あ》たっていました。

そのあと、おなかがいっぱいになったぼくたちは、つかれきっていたこともあり、その場《ば》でねむりこんでしまったのです。

今《いま》こうして元気《げんき》を取《と》りもどしてみると、気《き》になることだらけです。かれらはいったい何者《なにもの》で、ここはどこなのか。そして、ぼくたちは、

これからどうなってしまうのか――。

ネッドの考《かんが》えは、かんたんで、はっきりしていました。

「なあに、今度《こんど》だれか来《き》たら、とっつかまえて、はくじょうさせるまでだ。そして、こんなところは、さっさとにげだしてやる。」

そんならんぼうなことをして、だいじょうぶかなと思《おも》ったところへ、ノックの音《おと》がして、男《おとこ》が食器《しょっき》を下《さ》げに入《はい》ってきました。

ネッドは、たちまちその男《おとこ》にとびかかり、ぼくたちが止《と》めるひまもなく、とりおさえてしまいました。そのとき、

「お待《ま》ちなさい。そして、わたしの話《はなし》を聞《き》いてください。」

落《お》ちついた声《こえ》がして、船長《せんちょう》らしい服《ふく》を着《き》た男《おとこ》が、ドアのところにあらわれました。それは、あのいげんのある人《ひと》でした。

＊1頭文字《かしらもじ》…ローマ字《じ》で、文章《ぶんしょう》や名前《なまえ》などの、さいしょの大文字《おおもじ》。イニシャル。

＊2いげん…どうどうとして落《お》ちついているようす。

「あなたがたは、この潜水艦《せんすいかん》の船長《せんちょう》である、わたしのお客《きゃく》です。しかし、もともとあなたがたを大事《だいじ》にあつかう理由《りゆう》はないのです。なぜなら、あなたがたは、われわれの敵《てき》なのですから。」

「敵《てき》ですって？」

博士《はかせ》がびっくりしていうと、船長《せんちょう》と名乗《なの》った男《おとこ》はうなずいて、

「いきなり大《たい》ほうを打《う》ってきたり、もりを投《な》げてきたりする相手《あいて》が、敵《てき》でないとしたら、いったいなんですか？」

しずかな中《なか》にも、いかりが感《かん》じられるいい方《かた》でした。

「いや、あれは、この船《ふね》を、海《うみ》の怪物《かいぶつ》とまちがえたからで……。」

アロナクス博士《はかせ》がべんかいすると、船長《せんちょう》は首《くび》をふって、

「ほう。では、怪物《かいぶつ》の正体《しょうたい》が、このような最新式潜水艦《さいしんしきせんすいかん》とわかっていたら、あんなふうに、政府《せいふ》の船《ふね》で追《お》いかけまわしはしなかったと？」

「そ、それは……。」

さすがの博士《はかせ》も、言葉《ことば》につまりました。

そう、もし今《いま》までつくられたことのない、すばらしい潜水艦《せんすいかん》があるとわかったら、世界《せかい》じゅうの国《くに》が血《ち》＊1まなこで、そのひみつを知《し》りたがるでしょう。海《うみ》の怪物《かいぶつ》なんかより、ずっと熱心《ねっしん》に！

「あのときわたしは、この船《ふね》をしずめて、あなたがたをおぼれさせることもできたのです。船《ふね》のひみつを知《し》られないためには、そうしたほうがよかった。なのに、わたしはあなたがたを助《たす》けた。だから、今後《こんご》はわれわれのルールにしたがってほしいのです。」

「そ、それは、どういう……？」

博士《はかせ》は、きんちょうした声《こえ》でいいました。ぼくも、なんだかいやな予感《よかん》がしてなりませんでした。

「わたしと部下《ぶか》たちは、戦争《せんそう》や＊2貧困《ひんこん》、差別《さべつ》など、＊3いまわしいことだらけのこの世界《せかい》にわかれをつげて、ひっそりと生《い》きていくのがのぞみなのです。この船《ふね》は、そのための、だれにも知《し》られていない国《くに》。だから、みなさんを帰《かえ》すわけにはいきません。お客《きゃく》として、いつまでもこのノーチラス号《ごう》の中《なか》にいてもらいます。」

ノーチラス号《ごう》！　それがこの潜水艦《せんすいかん》の名前《なまえ》でした。

この男《おとこ》は、そこにぼくたちを一生《いっしょう》とじこめようというのです。なつかしいフランスに帰《かえ》れない――そう思《おも》うと、ぞっとしました。

「何《なに》をバカなことを……おれは、こんなところにおしこめられてなんかいないぞ。いつでもにげだしてやる！」

ネッドは、すっかりおこってしまいましたが、船長《せんちょう》はぜんぜん、

＊1血《ち》まなこ…こうふんして目《め》を真《ま》っ赤《か》にすることから、一《ひと》つの物事《ものごと》に熱中《ねっちゅう》して、必死《ひっし》になるようす。

＊2貧困《ひんこん》…貧《まず》しくて、生活《せいかつ》に困《こま》っていること。　＊3いまわしい…いやな感《かん》じのもの。ふゆかいなもの。

気《き》にせず、ほほえむばかりでした。

「そんな考《かんが》えは、さっさとすてたほうがいいですよ。陸地《りくち》をはなれ、海底深《かいていふか》くからのがれられるなんて、できるはずはないんだから。あなたがたにいうことはこれだけです。何《なに》か質問《しつもん》がありますか？」

「一《ひと》つだけあります。」

アロナクス博士《はかせ》がいいました。船長《せんちょう》を、まっすぐ見《み》つめながら、

「あなたの名前《なまえ》は、なんというのですか。ここでくらすのなら、あなたをどうよんだらいいか、知《し》っておいたほうがいいですからな。」

「ああ、それなら『ネモ船長《せんちょう》』でけっこうです。では、わが、ノーチラス号《ごう》での生活《せいかつ》を、せいぜい楽《たの》しまれますように……。」

「おい、待《ま》て！　おれたちをここから出《だ》せ！」

ネッドがどなりましたが、男《おとこ》はそしらぬようすで出《で》ていきました。
ネモ船長《せんちょう》——おかしな名《な》だな、とぼくは思《おも》いました。

あとで、「ネモ」がラテン語《ご》で〃だれでもない〃という意味《いみ》と知《し》って、ますますわからなくなりました。ちなみに「ノーチラス」は、タコやイカの仲間《なかま》なのに貝《かい》がらの中《なか》にすむ〃オウムガイ〃というふしぎな生物《せいぶつ》のこと。

潜水艦《せんすいかん》という、からにとじこもっている、名前《なまえ》のない男《おとこ》――。

そんなネモ船長《せんちょう》の元《もと》ですごした日々《ひび》は、おどろきのれんぞくでした。

6

電《でん》気《き》潜《せん》水《すい》艦《かん》ノーチラス号《ごう》

さてここで、ぼくたちがくらすことになった潜水艦《せんすいかん》ノーチラス号《ごう》について、みなさんにしょうかいするとしましょう。

ネモ船長《せんちょう》は、この船《ふね》の中《なか》をあちこち案内《あんない》してくれましたし、自由《じゆう》に見物《けんぶつ》してまわることをゆるしてもくれたのです。

それによると、ノーチラス号《ごう》は長《なが》さ七十メートル、はば八メートル。前《まえ》のほうに向《む》かって、細《ほそ》くとがっています。

中《なか》にはいっぱい部屋《へや》があり、りっぱな食堂《しょくどう》や図書室《としょしつ》まであります。図書室《としょしつ》のたなには、科学《かがく》や歴史《れきし》、文学《ぶんがく》、芸術《げいじゅつ》の本《ほん》がぎっしりつまり、

アロナクス博士《はかせ》の書《か》いたものも、ちゃんとありました。

サロンには世界《せかい》じゅうの美術品《びじゅつひん》や、海《うみ》でとれたサンゴや貝《かい》がずらりとならべられ、中央《ちゅうおう》にはふん水《すい》、おくのかべにはパイプオルガンまで、すえつけられているのです。

暗《くら》い海《うみ》の底《そこ》にいても、いつでもこうこうと明《あ》かりがついていますし、空気《くうき》もきれいです。

どうして、こんなことが可能《かのう》になったのでしょう。

一八六七年《ねん》の今《いま》、陸《りく》を走《はし》る汽車《きしゃ》と同《おな》じように、船《ふね》を動《うご》かしているのは、もっぱら蒸気《じょうき》機関《きかん》*1です。水《みず》をかいて進《すす》むための外輪《がいりん》が、だんだんスクリューに取《と》ってかわられつつありますが、まだ帆《ほ》を使《つか》っているものも多《おお》く、水《みず》にもぐることなど思《おも》いもよりません。

では、ノーチラス号《ごう》は、何《なに》で動《うご》いているのか――？

ネモ船長《せんちょう》によると、それは「電気《でんき》」だというのです。

電気《でんき》！　それは十九世紀《せいき》*2になって、急《きゅう》に目《め》をひくようになったエネルギーです。でも、それはとても弱々《よわよわ》しく、やたら大《おお》きくて不便《ふべん》な電池《でんち》から、ほんのちょっぴり電流《でんりゅう》が取《と》りだせるだけでした。

近《ちか》ごろになって、電気《でんき》を作《つく》る発電機《はつでんき》ができるようになりましたが、それでも、こんな巨大《きょだい》な鉄《てつ》の船《ふね》を動《うご》かすなど思《おも》いもよりません。

たえまなく光《ひかり》をもたらす電気照明《でんきしょうめい》も、世界《せかい》じゅうの発明家《はつめいか》がやっきになって取《と》りくんでいるものの、まだ完成《かんせい》してはいないのです。ネモ船長《せんちょう》は、それらを自分一人《じぶんひとり》で発明《はつめい》したというのです。なかでもすばらしいのは、ナトリウム電池《でんち》というもので、海水《かいすい》の中《なか》からいくらでも取《と》りだせる物質《ぶっしつ》を使《つか》って、これまでだったら考《かんが》えられない電力《でんりょく》を手《て》に入《い》れることができました。

けれど、ノーチラス号《ごう》でもっとすばらしいものは、ほかにありました。それは、船《ふね》から見《み》ることのできる海《うみ》の中《なか》のようすでした。

ああ、潜水艦《せんすいかん》のかべにはめこまれた巨大《きょだい》なガラスまどから見《み》たけしきを、ぼくは一生《いっしょう》わすれないでしょう。

まるで青空《あおぞら》のようにすみきった水《みず》の中《なか》を、数知《かずし》れない鳥《とり》のむれの

＊1機関《きかん》…ここでは、蒸気《じょうき》のエネルギーを、仕事《しごと》をする力《ちから》にかえる装置《そうち》。
＊2世紀《せいき》…百年《ねん》を区切《くぎ》りとした、年代《ねんだい》の数《かぞ》え方《かた》。十九世紀《せいき》は一八〇〇年代《ねんだい》のこと。

ようにとびすぎていく、大小《だいしょう》さまざま、色《いろ》とりどりの魚《さかな》たち。地上《ちじょう》の山々《やまやま》に少《すこ》しも負《ま》けない変化《へんか》を見《み》せる、海底《かいてい》の地形《ちけい》。

そこに生《は》えた海《かい》そうは、ゆうれいが手《て》まねきするようにゆれ、その間《あいだ》からエビやカニが、こっけいなすがたをのっそりあらわします。

ときおり、ガラスまどをおおってしまうほど大《おお》きな魚《さかな》が通《とお》りすぎたり、植物《しょくぶつ》か動物《どうぶつ》かわからないどころか、生《い》き物《もの》かどうかさえ、うたがわしいものたちがウジャウジャうごめいていたり……。

やがて、ノーチラス号《ごう》がより深《ふか》い海《うみ》にもぐりはじめると、まわりは、

だんだん暗《くら》くなり、それにつれて生《い》き物《もの》の数《かず》はへってきます。

さっきまでのにぎやかな魚《さかな》の楽園《らくえん》はどこへやら、ほんのときおり、ちっぽけな生《い》き物《もの》がすっと横切《よこぎ》ったり、まるで雪《ゆき》のように白《しろ》いものがはらはらふってきたり。動《うご》くものといったらそれくらいです。

さらに深《ふか》くなると、真《しん》のやみです。まるで黒《くろ》インクをたらしたような、夜《よる》だけの世界《せかい》──。

と、そこをサッとつらぬいた、まばゆい光《ひかり》！

たぶんネモ船長《せんちょう》の命令《めいれい》で、ノーチラス号《ごう》のだれかが、ライトのスイッチを入《い》れたのでしょうが、それにてらされた深海魚《しんかいぎょ》のおそろしかったこと。めったに食《た》べ物《もの》に出会《であ》えないためか、体《からだ》の半分近《はんぶんちか》くが口《くち》だったり、ものすごく大《おお》きな胃《い》ぶくろをもっていたりと、悪《わる》いゆめでも見《み》ているようでした。

そして、ぼくは気《き》づいたのです。アロナクス博士《はかせ》の助手《じょしゅ》として、たくさんの本《ほん》を読《よ》んだり、標本《ひょうほん》を作《つく》ったりして、少《すこ》しは、海《うみ》とその生《い》き物《もの》にくわしくなった気《き》でいました。

でも、この日《ひ》、わかりました。ぼくは海《うみ》について、何《なに》も知《し》らなかったと。名前《なまえ》をおぼえただけで、生《い》きたすがたを、見《み》てはいなかったのだと……。

そんなことを考《かんが》えさせられる一方《いっぽう》で、ノーチラス号《ごう》での生活《せいかつ》には、毎日《まいにち》ちょっとした楽《たの》しみがありました。

それは食事《しょくじ》です。自然《しぜん》のめぐみとか、海《うみ》の幸《さち》とかいいますが、この潜水艦《せんすいかん》では、その言葉《ことば》がめずらしい形《かたち》で当《あ》てはまるのでした。

たとえば、ある夜《よる》、ネモ船長《せんちょう》とアロナクス博士《はかせ》、ネッド、それにぼくが、食事《しょくじ》のテーブルをかこんだときのことです。

「こりゃうまい魚《さかな》だ。よくこんなに元《もと》の味《あじ》をわからなくしたな。」

ネッドがそういいだしたものですから、ぼくもアロナクス博士《はかせ》もびっくりして、お皿《さら》の上《うえ》をながめました。めずらしい料理《りょうり》だなとは思《おも》っていましたが、魚《さかな》だとは気《き》づかなかったからです。

「さすがは、ベテラン漁師《りょうし》のネッドくんだ。これはめったに食卓《しょくたく》に上《あ》がる種類《しゅるい》の物《もの》ではないのにねえ。」

ネモ船長《せんちょう》が、ごきげんそうにいいました。ネッドはじまんげに、

「そりゃあ、おれは世界《せかい》じゅうのいろんな魚《さかな》をとって、いろいろなやり方《かた》で食《た》べてみたからねえ。ほかの人《ひと》よりはわかるさ。」

「このノーチラス号《ごう》では、主《おも》な食《た》べ物《もの》は、やはり魚《さかな》なのですかな。」

アロナクス博士《はかせ》がたずねると、ネモ船長《せんちょう》はうなずいて、

「そうです。毎日《まいにち》のように網《あみ》を出《だ》して、自分《じぶん》たちが食《た》べる分《ぶん》だけの魚《さかな》や貝《かい》をとります。そのサラダも全部海《ぜんぶかい》そうなんですよ。」

博士《はかせ》は「なるほど」と、いったんなっとくしてから、

「でも、このステーキは、さすがにちがうでしょう。これはどう考《かんが》えても、けもののヒレ肉《にく》ですから。」

「そうだな、こんな魚《さかな》はさすがに食《た》べたことがないよ。」

ネッドが同意《どうい》しました。ネモ船長《せんちょう》はわらって首《くび》をふると、

「いえ、これもりっぱな海《うみ》の幸《さち》なのですよ。これはウミガメの肉《にく》、こちらはイルカの肝臓《かんぞう》で……どうです、上等《じょうとう》の牛《うし》やブタにも負《ま》けない味《あじ》でしょう。」

いきなりごちそうの正体《しょうたい》を知《し》らされて、みんなどぎもをぬかれ、*1しばらくはナイフとフォークをちゅうにうかせたままでした。

「おどろくのはまだ早《はや》いですよ。そのクリームはクジラのミルクから作《つく》ったものですし、さとうは北海《ほっかい》*2の海《かい》そうからとりました。」

「じゃあ、このジャムはなんなのですか。」

ぼくがたずねると、ネモ船長《せんちょう》はうれしそうに、

「イソギンチャクですよ。どうぞめしあがれ。」

そういわれても、ちょっと気味《きみ》が悪《わる》くて手《て》が出《だ》せませんでした。

ネモ船長《せんちょう》はあっけにとられるぼくたちが、ゆかいでならないらしく、

「食《た》べ物《もの》だけではありませんよ。みなさんが着《き》ている服《ふく》は、貝《かい》の体《からだ》からぬきとった糸《いと》で織《お》った物《もの》で、やっぱり貝《かい》から取《と》りだしたせんりょう料《りょう》で色《いろ》をつけてあります。ベッドに使《つか》われているのはやわらかな海《かい》そうをほしたものですし、ペンはクジラのひげ、インクはタコやイカのすみから作《つく》りました。まさに海《うみ》こそはすべての母《はは》ですよ！」

「海《うみ》を愛《あい》しておられるのですね、船長《せんちょう》。」

アロナクス博士《はかせ》がききました。

「もちろん、愛《あい》していますとも。だから、わたしは人間《にんげん》が海《うみ》を争《あらそ》いの場《ば》にするのが、たえられないのです。」

＊1どぎもをぬく…びっくりさせる。
＊2北海《ほっかい》…イギリス、ベルギー、オランダ、ドイツ、デンマーク、ノルウェーなどにかこまれている海《うみ》。

ぼくにも、その気持《きも》ちはわかるような気《き》がしました。博士《はかせ》たちも同《おな》じだったらしく、なんとなくテーブルがしんみりしたふんいきになったとき、船長《せんちょう》が口《くち》を開《ひら》きました。

「さて、明日《あす》はみなさんを狩《か》りにおまねきしようと思《おも》うのですが、いかがでしょう。この近《ちか》くにすばらしい森《もり》があるのですよ。」

「狩《か》りだって！」

ネッドがさけび、博士《はかせ》も、おどろきを顔《かお》にうかべました。狩《か》りというからには、どこか陸《りく》に上《あ》がるのでしょう。それならば、気晴《きば》らしにもなるし、森《もり》ならば、どこかにげこむ場所《ばしょ》もあるかもしれないと思《おも》ったのですが——。

7
海底《かいてい》の散歩《さんぽ》

「なんだこれは？　そんなものをおれに着《き》ろというのか。まっぴらごめんだ。こんなへんな服《ふく》の中《なか》にとじこめられて、しかも、そんなヘルメットを、かぶらなきゃならない狩《か》りなんて、聞《き》いたことがないぞ。」

ネッドは、自分《じぶん》たちのために用意《ようい》された服《ふく》や道具《どうぐ》を見《み》て、プンプンと、おこり

だしました。いよいよ狩《か》りに出《で》かけるときがきて、エンジン室《しつ》のそばの小《ちい》さな部屋《へや》に案内《あんない》されたときのことでした。

「いったいこれは、なんなのですか、ネモ船長《せんちょう》？」

アロナクス博士《はかせ》がきくと、ネモ船長《せんちょう》はさっさとゴムばりの*防水服《ぼうすいふく》を着《き》、重《おも》りのついたくつをはきながら答《こた》えました。

「潜水服《せんすいふく》ですよ。われわれがこれから向《む》かうのは、森《もり》は森《もり》でも、海《うみ》の中《なか》の森《もり》なんですから。」

（なあんだ、陸《りく》に上《あ》がるのじゃないのか。）

そう聞《き》いたとたん、ぼくはネッドと同《おな》じくらいがっかりし、でも、海《うみ》の中《なか》の森《もり》や、そこでの狩《か》りとはどんなものだろう、というこうき心《しん》がわいてきました。

「さあ、コンセイユくんも早《はや》く着《き》がえたまえ。」

ネモ船長《せんちょう》にいわれて、ぼくも防水服《ぼうすいふく》を着《き》、やたらに重《おも》いくつをはき、おまけに頭《あたま》からすっぽりとヘルメットみたいな物《もの》をかぶせられ、背中《せなか》にズッシリとした何《なに》かをせおわされました。

これは、中《なか》に空気《くうき》をつめこんだタンクでした。ぼくが知《し》っている潜水夫《せんすいふ》は、船《ふね》の上《うえ》のポンプから、長《なが》いくだを通《つう》じて、送《おく》ってもらった空気《くうき》をすうのですが、このタンクがあればそんな手助《てだす》けなしに、自由《じゆう》に海中《かいちゅう》を歩《ある》きまわれるとのことでした。

とうとうネッドは、いやがって着《き》ようとしなかったので、アロナクス博士《はかせ》とぼくだけが、ネモ船長《せんちょう》と部下《ぶか》たちについて、となりの部《へ》屋《や》にうつりました。

＊防水服《ぼうすいふく》…水《みず》が入《はい》ったり、しみこんだりしないようにした服《ふく》。

ぴったりととびらをしめた部屋《へや》に、海水《かいすい》が流《なが》れこんできて、いっぱいになると反対側《はんたいがわ》のかべが開《あ》きました。

その向《む》こうは、もう海《うみ》の底《そこ》でした。

ここは太平洋《たいへいよう》の真《ま》ん中《なか》、クレスポ島《とう》の近《ちか》くです。ノーチラス号《ごう》にとらえられた日本近海《きんかい》から、何《なん》千キロも旅《たび》をしたことになります。

この間《あいだ》、ガラスごしに見《み》たけしきが、ぼくのまわりに広《ひろ》がっている。それはとても心細《こころぼそ》い、それでいてワクワクする気分《きぶん》でした。

足元《あしもと》には、サンゴやイソギンチャクのむれが、お花畑《はなばたけ》のように広《ひろ》がり、上《うえ》のほうには巨大《きょだい》なクラゲが、毒々《どくどく》しい色《いろ》のかさを開《ひら》いてプカプカうかんでいるのが、パラソルかランプのようです。

ぼくたちは、ネモ船長《せんちょう》を先頭《せんとう》にして、ゆっくりと歩《ある》いていきました。

水《みず》の中《なか》にいるおかげで、体《からだ》がとても軽《かる》く、ちゅうを歩《ある》いているようです。

進《すす》むにつれ、深《ふか》いところに入《はい》っていき、まわりはだんだんと暗《くら》くなりました。やがて、その先《さき》に見《み》えてきた真《ま》っ黒《くろ》なかたまり——海《かい》そうがびっしり生《は》えているせいでそう見《み》えるのですが、これが船長《せんちょう》のいった「海《うみ》の中《なか》の森《もり》」らしいのでした。

その中《なか》に入《はい》っていくと、そこはまた別世界《べっせかい》で、まるで小鳥《ことり》たちのように無数《むすう》の魚《さかな》たちが、海《かい》そうの間《あいだ》をとびかい、ふしぎなすがたをした生《い》き物《もの》が足元《あしもと》をうごめくのでした。

潜水服《せんすいふく》のベルトのところには、とても明《あか》るい電気《でんき》ランプが下《さ》げてあり、暗《くら》くても不自由《ふじゆう》はないのですが、ただ、ほかの人《ひと》と話《はなし》ができません。アロナクス博士《はかせ》に、ここの生《い》き物《もの》について質問《しつもん》したくてたまらなかったので、それだけがざんねんでした。

ただ、博士《はかせ》がヘルメットを近《ちか》づけてきたので、のぞきまどのガラスごしに、おたがいの表情《ひょうじょう》を見《み》ることができました。博士《はかせ》も満足《まんぞく》そうでしたが、ぼくは、もっとうっとりしていたでしょう。

ノーチラス号《ごう》の人《ひと》たちは、ここでいろんな海《うみ》の生《い》き物《もの》をとらえるつもりのようでしたが、ぼくは観察《かんさつ》と分類《ぶんるい》にむちゅうでした。

やがて、休《きゅう》けいの時間《じかん》になり、ぼくたちはかすかな水《みず》の流《なが》れに身《み》をまかせて、ぼんやりしました。つかれと、ふしぎなふんいきのせいで、今《いま》にも深《ふか》くねむりこんでしまいそうでした。

と、そのときです。近《ちか》くにいたアロナクス博士《はかせ》が、後《うし》ろへ大《おお》きくとびのいたので、ぼくもまどろみ*からさめました。

（どうしたんだろう、何《なに》かあったのかな。）

＊まどろむ…うとうとと、少《すこ》しの間《あいだ》ねむる。

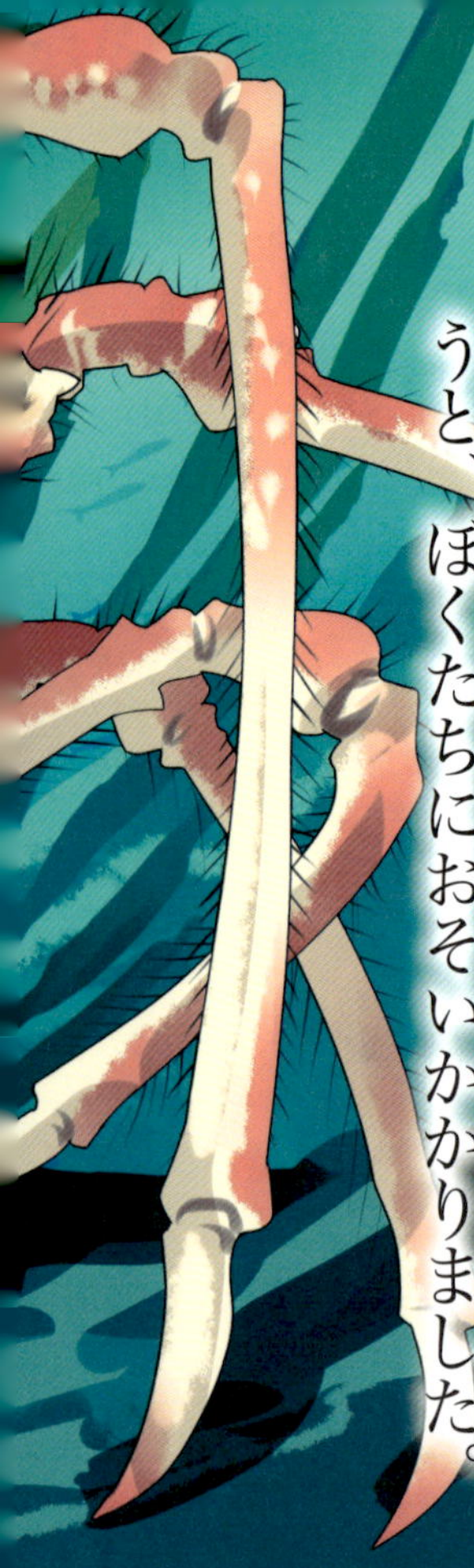

というとまどいは、たちまち、おどろきときょうふにかわりました。
ぼくたちの目《め》の前《まえ》に、おそろしい怪物《かいぶつ》がいたのです。岩《いわ》のようにかたそうなこうらを背負《せお》い、うす気味《きみ》の悪《わる》い八本《ぽん》足《あし》をふんばって、今《いま》にもこちらに、とびかかってきそうです。
巨大《きょだい》な海《うみ》グモ！　じつはカニの一種《いっしゅ》らしいのですが、とにかくこんな怪物《かいぶつ》におそわれてはたいへんです。
ぼくたちが、こおりついたように動《うご》けずにいるうち、海《うみ》グモはもぞもぞとこちらにやってきて、いきなりクワッと足《あし》を開《ひら》いたかと思《おも》うと、ぼくたちにおそいかかりました。

あっ、やられる！　と思《おも》ったときでした。シュッという音《おと》がして、すぐ近《ちか》くを何《なに》かが通《とお》りすぎました。

とたんに怪物《かいぶつ》は動《うご》きを止《と》め、クタクタとくずれるように海底《かいてい》にへたりこんでしまいました。

ふりかえると、ネモ船長《せんちょう》が銃《じゅう》をかまえて、立《た》っていました。あとで教《おし》えてもらったのですが、これは水中《すいちゅう》で使《つか》う電気銃《でんきじゅう》で、電気《でんき》をたっぷりたくわえたカプセルを、空気《くうき》の力《ちから》でうちだすものなのでした。

それからぼくらは、あちこちの海底《かいてい》を見物《けんぶつ》したあと、ノーチラス号《ごう》にもどりました。こうして、ぼくたちのはじめての海底散歩《かいていさんぽ》は、おどろきとスリルにみちて、無事《ぶじ》に終《お》わったのでした。

8
無《む》人《じん》島《とう》？の冒《ぼう》険《けん》

休《やす》むことなく進《すす》みつづけるノーチラス号《ごう》にも、ときに行《ゆ》く手《て》をはばまれることがあります。

それは、あの海底《かいてい》の森《もり》での散歩《さんぽ》のあと、ハワイを通《とお》りすぎ、南《みなみ》に向《む》かって赤道《せきどう》をこえ、今度《こんど》は西《にし》に進《すす》みはじめたあとのことでした。

年《とし》が明《あ》けて一八六八年《ねん》となって間《ま》もなく、オーストラリア大陸《たいりく》とニューギニア島《とう》の間《あいだ》の海《うみ》を通《とお》っていたノーチラス号《ごう》は、とつぜんガタンという音《おと》とともにストップしてしまいました。

博士《はかせ》と何事《なにごと》だろうと話《はな》していると、ネモ船長《せんちょう》がやってきて、

「心配《しんぱい》はいりません。ちょうどしおが引《ひ》いて、海《うみ》があさくなっていたせいで、岩場《いわば》に引《ひ》っかかったんですよ。船体《せんたい》にはキズ一《ひと》つ、つきませんでしたし、五日《いつか》もここで待《ま》っていれば、しおがみちて出《で》られますよ。」

「そうですか、それはよかった。ところでネモ船長《せんちょう》、一《ひと》つおねがいしたいことがあるのですが。」

「なんでしょうか、博士《はかせ》。」

「この近《ちか》くに大《おお》きな島《しま》があるでしょう。地図《ちず》によるとゲボロア島《とう》というそうですが、どうせ何日間《なんにちかん》か船《ふね》を動《うご》かせないのなら、あそこに上陸《じょうりく》して、いろいろ調《しら》べてみたいのですが。」

これは、とてもすてきなていあんでした。ぼくたちは何《なん》か月《げつ》も潜《せん》水艦《すいかん》の中《なか》にいて、外《そと》に出《で》るといっても海《うみ》の中《なか》だったからです。その島《しま》に行《い》ければ、いろいろ気晴《きば》らしになるでしょうし、それにもしかしたら……。

ネモ船長《せんちょう》は、じろりとぼくたちを見《み》てから、

「いいでしょう。ボートをかしてあげますから、行《い》ってらっしゃい。」

「いいんですか。」

あっさり、ゆるしが出《で》たので、ぼくはおどろいてたずねました。

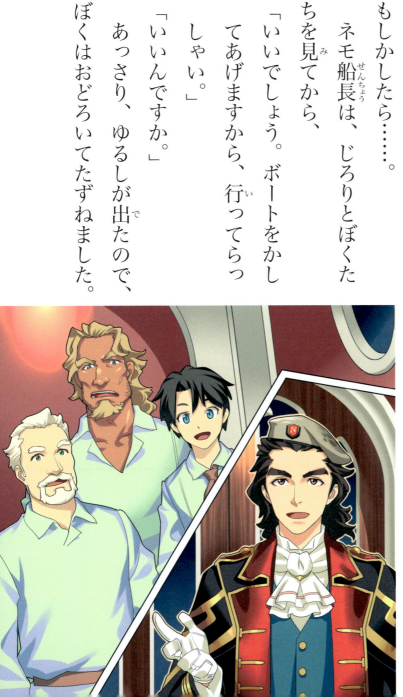

「もちろんです。わたしはあなたがたを信《しん》じていますから。」

ネモ船長《せんちょう》は、きっぱりと答《こた》えました。

この話《はなし》を聞《き》いて、だれよりよろこんだのが、ネッドでした。

「しめた！　そろそろ、かたい土《つち》の地面《じめん》をふんで、歩《ある》きたいと思《おも》っていたんだ。草木《くさき》のにおい、鳥《とり》のさえずり……そうだ、今度《こんど》こそほんとうの狩《か》りができるぞ！　いくら、おれが漁師《りょうし》でもいいかげん肉《にく》が食《た》べたくなってきたよ。それに……。」

いいかけて、あわてて口《くち》をふさぎました。たぶん考《かんが》えたのはぼくと同《おな》じことだったでしょう。うまくすれば、そのままノーチラス号《ごう》には、もどらずにすむかもしれない……。

もちろん、そんな考《かんが》えはかくしたまま、博士《はかせ》とぼくとネッドは、ふだんはノーチラス号《ごう》にはめこまれているボートで、その島《しま》にわたりました。

ひさしぶりの自由《じゆう》！　やはり海《うみ》の中《なか》とはちがい、風《かぜ》はさわやかですし、空《そら》の青《あお》さや木々《きぎ》の緑《みどり》は目《め》にしみるよう。しかも、この島《しま》の自《し》然《ぜん》はとてもゆたかで、そこらじゅうに木《き》の実《み》がなっています。

さっそく、ネッドが、もり打《う》ち名人《めいじん》の腕《うで》を見《み》せて、ヤシの木《き》から実《み》をいくつも落《お》としましたが、そのおいしかったこと！

ヤシの実《み》には、あまいしるがいっぱいつまっており、むちゅうで飲《の》んだり食《た》べたりしました。ほかにも、食用《しょくよう》になる植物《しょくぶつ》がいろいろ見《み》つかり、ノーチラス号《ごう》の調理場《ちょうりば》へのおみやげに、持《も》って帰《かえ》ろうかなどと話《はな》しあいました。

そのあと、めずらしい木《き》を見《み》つけました。高《たか》さが十二メートルほどもあり、ギザギザした葉《は》をいっぱいにしげらせたえだから、丸《まる》い実《み》をいくつもぶらさげています。直径《ちょっけい》十センチくらいから大《おお》きいものでは三十センチほど。これは何《なに》かと見《み》ていると、

「あれはパンノキだ。あれがまた、うまいんだぞ。」

ネッドがいうので、さっそく取《と》ってみました。船《ふね》から持《も》ってきたレンズを使《つか》ってたき火《び》をし、ナイフでぶあつく切《き》った実《み》をやいてみると、なんともいいにおいがしました。

食《た》べてみてびっくり、したざわりや味《あじ》はイモのようですが、パンといわれれば、たしかにそんな気《き》もします。こんな木《き》が、自然《しぜん》に生《は》えているなんて、南《みなみ》の国《くに》はほんとうにふしぎです。

ほかにもバナナにマンゴー、パイナップルなどがいくらでもあって、持《も》って帰《かえ》るのに苦労《くろう》するほどでした。

そんな中《なか》で、アロナクス博士《はかせ》がむちゅうになったものがありました。それは島《しま》のおくにいた、南洋《なんよう》の鳥《とり》たちでした。博士《はかせ》は海洋学者《かいようがくしゃ》ですが、陸《りく》の生《い》き物《もの》にもくわしく、きょうみをもっていたのです。

色《いろ》あざやかで、ふしぎなすがたのオウムやインコたち――中《なか》でも、目《め》の前《まえ》の野原《のはら》からとびたった一羽《わ》が、博士《はかせ》の目《め》をうばいました。

「ゴクラクチョウだ！」*

長《なが》い尾羽《おばね》をたらし、玉虫色《たまむしいろ》にかがやくつばさを広《ひろ》げたそのすがたは、まるでおとぎの国《くに》からやってきたかのようです。

「ああ、なんとかして一羽《わ》でもつかまえて、持《も》って帰《かえ》りたいものだ。

なんとかならないか、コンセイユくん。」

いつもれいせいな博士《はかせ》が、ここまでいうのはめずらしいことです。

それならばと、ネッドがもりをふりかざしましたが、そんなことをしたら、めちゃくちゃにきずつけてしまいます。

なんとかそっとつかまえようと、あとを追《お》っておくに入《はい》り、やっと林《はやし》の中《なか》に止《と》まっているのを見《み》つけた、そのときでした。

ピシッ！　と音《おと》がして、ぼくたちの足元《あしもと》にとんできたものがありました。それは、かなり大《おお》きな石《いし》ころでした。

ゴクラクチョウは、その音《おと》におびえてにげてしまいましたが、それ以上《いじょう》に、ぼくたちのほうがびっくりしました。

「空《そら》から石《いし》がふってくるなんてへんですね。もしかしていん石《せき》かな。」

＊ゴクラクチョウ…ニューギニアや、オーストラリア北部《ほくぶ》にいる鳥《とり》。オスは、あざやかな色《いろ》の羽《はね》をもつ。

ぼくがのんきなことをいったとき、二《ふた》つ目《め》の石《いし》がとんできました。あわててあたりを見回《みまわ》して、ギョッとしました。林《はやし》のはずれのほうに何十人《なんにん》もの島民《とうみん》がいて、弓矢《ゆみや》や石投《いしな》げの道具《どうぐ》を手《て》に、こちらをにらみつけていたのです。

ここは無人島《むじんとう》ではなかったのです。ぼくらは、そっと来《き》た道《みち》をもどったのですが、島民《とうみん》たちはあとをついてきます。しかも、どんどん人数《にんずう》がふえ、海岸《かいがん》に出《で》たときには百人近《にんちか》くになっていました。

ぼくたちは、大急《おおいそ》ぎでボートに乗《の》りこみ、ノーチラス号《ごう》を目指《めざ》して、こぎにこ

ぎました。すると、島民《とうみん》は波打《なみう》ちぎわまでやってきて、いっせいに矢《や》をはなったり、石《いし》を投《な》げはじめました。

幸《さいわ》い、ぼくらには当《あ》たりませんでしたが、近《ちか》くの海面《かいめん》でボチャンボチャンと音《おと》がして、もう少《すこ》しおくれていたら大《おお》けがをしていたかもしれないと、ヒヤリとしました。

やれやれ、助《たす》かった――と思《おも》ったら、なんと島民《とうみん》は丸木《まるき》で作《つく》った小舟《こぶね》を何《なん》十も出《だ》して、なおも追《お》いかけてくるではありませんか。

やっとのことでノーチラス号《ごう》にもどると、ネモ船長《せんちょう》はサロンでパイプオルガンをひいていました。

「たいへんです。島民《とうみん》がせめてきました。すぐ船《ふね》を出《だ》してください。」

博士《はかせ》が、報告《ほうこく》すると、ネモ船長《せんちょう》は少《すこ》しもあわてることなく、

「そうですか。ですが、まだ、しおがみちていないので出発《しゅっぱつ》はできません。まあ、そのままでもだいじょうぶでしょう。」

けんばんの上《うえ》で、あざやかに指《ゆび》をすべらせながら答《こた》えました。

「でも、せめてハッチはとじないと、入《はい》ってきてしまいますよ。」

「いや、無理《むり》でしょうね。この船《ふね》にだれを入《い》れるのかは、わたしが決《き》めるのです。わたしが入《い》れないと決《き》めたら、無理《むり》なんです。」

ネモ船長《せんちょう》がそういったとき、ワーッという声《こえ》がして、島民《とうみん》たちがとうとうノーチラス号《ごう》のところまで来《き》たのがわかりました。

「ああ、来《き》たようですね。では、ちょっと見《み》に行《い》きますか。」

ネモ船長《せんちょう》は、*おもむろに立《た》ちあがると、ハッチと、そこから船内《せんない》にのびた階段《かいだん》のあるところに、ぼくたちをつれていきました。

ちょうどそのとき、ハッチの外《そと》に、島民《とうみん》のおこった顔《かお》が何人《なんにん》も見《み》えたかと思《おも》うと、いっせいに中《なか》へ入《はい》ってこようとしました。と、次《つぎ》のしゅん間《かん》、一人目《ひとりめ》の島民《とうみん》がギャッと悲鳴《ひめい》を上《あ》げて、とびのきました。つづいて二人目《ふたりめ》も三人目《にんめ》も、階段《かいだん》の手《て》すりに手《て》をふれたとたん、同《おな》じように、にげていったのです。

「電気《でんき》ですよ。階段《かいだん》の手《て》すりに、強《つよ》い電流《でんりゅう》を流《なが》してあるのです。」

ネモ船長《せんちょう》がしずかにいいました。なるほど、船長《せんちょう》が、「入《はい》ってくるのは無理《むり》」と、受《う》けあっただけのことはありました。

島民《とうみん》たちは電気《でんき》ショックのせいで、二度《にど》と近《ちか》づこうとはしませんでした。そして何日《なんにち》かたって、岩場《いわば》から解放《かいほう》された潜水艦《せんすいかん》は、また冒険《ぼうけん》の旅《たび》へと出発《しゅっぱつ》したのでした。

＊おもむろに…あわてずにゆっくりと。

9
サンゴの森《もり》の十字架《じゅうじか》

そのあと、ノーチラス号《ごう》はインド洋《よう》へ向《む》かいました。

ある日《ひ》、ネモ船長《せんちょう》や部下《ぶか》の人々《ひとびと》が、ひどくきんちょうしているなと思《おも》ったときです。ネモ船長《せんちょう》が、いつもよりもきびしい表情《ひょうじょう》で、ぼくたち三人《にん》にいいました。

「これからしばらく、あなたたちには一《ひと》つの部屋《へや》ですごしていただきます。その間《あいだ》に起《お》こることは何一《なにひと》つ見聞《みき》きしてはいけません。」

「そんな、むちゃな。いきなりそんなことをいわれても、こまります。」

アロナクス博士《はかせ》がこうぎしましたが、

「なんといわれても、わたしにはそうする権利《けんり》*がありますし、あなたがたはしたがうほかないのです。」

そういうなり、ネモ船長《せんちょう》はぼくたちを、この船《ふね》でさいしょに入《い》れた部屋《へや》につれていきました。

そこには食事《しょくじ》の用意《ようい》がしてあり、しかたなく三人《にん》でそれを食《た》べはじめると、間《ま》もなく、もうれつなねむ気《け》におそわれました。

（しまった、ねむり薬《ぐすり》が入《はい》っていたのか。）

*権利《けんり》…ある物事《ものごと》を、思《おも》うようにする、あるいはしないことができる立場《たちば》や資格《しかく》。

そう気《き》づいたときにはもう、目《め》の前《まえ》は真《ま》っ暗《くら》でした。

それから何時間《なんじかん》たったでしょう、目《め》ざめると、ネモ船長《せんちょう》が来《き》ていて、アロナクス博士《はかせ》にいいました。

「博士《はかせ》、あなたは医学《いがく》の*1心得《こころえ》があるそうですが、かん者《じゃ》をみていただくことはできますか。」

「ええ、もちろん。だれか病人《びょうにん》でも出《で》たのですか。」

博士《はかせ》がたずねましたが、ネモ船長《せんちょう》は「来《く》ればわかります」と答《こた》えるばかりでした。

しばらくしてから、博士《はかせ》はもどってきましたが、その顔《かお》はひどく青《あお》ざめていて、悲《かな》しげでした。

「どうかなさったんですか。」

ぼくがきくと、博士《はかせ》は*2無念《むねん》そうに答《こた》えました。

「ひどいけが人《にん》を見《み》たよ。わたしの腕《うで》では助《たす》けられなかった。」

「何《なに》があったんだい、先生《せんせい》？」

ネッドがたずねると、博士《はかせ》は首《くび》をふって、

「わからん。船長《せんちょう》は、作業中《さぎょうちゅう》の事故《じこ》だといっていたが……。」

博士《はかせ》はひとりごとのようにつぶやきましたが、そこにこそノーチラス号《ごう》のおそろしいひみつがふくまれていたとは、そのときのぼくたちは知《し》りませんでした。

そこへネモ船長《せんちょう》がやってきて、

「みなさん、今《いま》から海底《かいてい》の散歩《さんぽ》に出《で》かけませんか。ネッドくんも、今度《こんど》はどうです？」

＊1心得《こころえ》…あることがらをよく理解《りかい》していること。また、わざなどを身《み》につけていること。
＊2無念《むねん》…くやしく、ざんねんに思《おも》うこと。

その言葉《ことば》のただごとでないようすに、ネッドもうなずき、潜水服《せんすいふく》に着《き》がえて船《ふね》の外《そと》に出《で》ました。あのときよりもずっと多《おお》く、乗組員《のりくみいん》のほぼ全員《ぜんいん》が一列《れつ》になって、海底《かいてい》を歩《ある》いていきました。

そこは、サンゴの森《もり》にかこまれた深《ふか》いふかい海《うみ》の底《そこ》でした。

ふりかえって気《き》づいたのですが、行列《ぎょうれつ》の中《なか》には四角《しかく》い箱《はこ》をかついだ者《もの》たちがいます。それが何《なに》かは、すぐにわかりました。やがてたどりついた空《あ》き地《ち》に、サンゴで作《つく》った十字架《じゅうじか》が立《た》っていたからです。船長《せんちょう》の合図《あいず》で、部下《ぶか》たちが海底《かいてい》にあなをほりました。人《ひと》の大《おお》きさくらいのあながほれると、白《しろ》いぬのでつつんだものが、中《なか》に下《お》ろされました。

みんなが、まわりにひざまずいて、いのり、ぼくもそうしました。

そのあと、あなをうずめて、ノーチラス号《ごう》にもどりました。こうして、世《よ》にも風《ふう》がわりで、もの悲《がな》しい、海底《かいてい》のお葬式《そうしき》がすんだのでした。

10 インド洋《よう》から紅海《こうかい》、そして地中海《ちちゅうかい》へ

ノーチラス号《ごう》に乗《の》っての、ぼくたちの旅《たび》は、なおもつづきました。海《うみ》の中《なか》のけしきは、あいかわらずめずらしく、おもしろいものばかりでしたが、ときには、おそろしいものを見《み》ることがありました。

海底《かいてい》にしずんだ難破船《なんぱせん》です。ちんぼつしたばかりらしく、船《ふね》の形《かたち》はあまりくずれていません。イギリスのある町《まち》から来《き》たとわかる文《も》字《じ》が、船体《せんたい》からも、はっきり読《よ》めました。

ひょっとして、まだ生《い》きて助《たす》けをもとめている人《ひと》がいるのでは、と思《おも》ったのですが、ざんねんながら、見《み》こみはありませんでした。

ノーチラス号《ごう》は、そこに次々《つぎつぎ》とサメたちが集《あつ》まってくるのを見《み》ながら、しずかに立《た》ちさるしかなかったのです……。

そのほかにも、さまざまなことがありました。たとえば、インドのセイロン島《とう》の近《ちか》くでは、真珠貝《しんじゅがい》*1の宝庫《ほうこ》に出会《であ》いました。

中《なか》でもおどろいたのが、二メートルもあるシャコガイ*2で、海《うみ》の底《そこ》でお化《ば》けのようにパックリと口《くち》を開《ひら》いたその中《なか》からは、なんと大《おお》きなボールほどもある真珠《しんじゅ》がとれたのでした。

このあたりには、潜水具《せんすいぐ》も何《なに》もつけずに海《うみ》にもぐり、真珠《しんじゅ》をとる人《ひと》たちがいます。あるとき、その一人《ひとり》である若者《わかもの》が、サメにおそわれました。そのときは、ネモ船長《せんちょう》みずからとびだしていって、サメをたいじし、その若者《わかもの》を助《たす》けたものです。

*1宝庫《ほうこ》…宝物《たからもの》を入《い》れておく、倉庫《そうこ》。ここでは、よい資源《しげん》や、きちょうな物《もの》がたくさんあるところ。
*2シャコガイ…太平洋《たいへいよう》やインド洋《よう》など、あたたかい海《うみ》にいる、おうぎ形《がた》の大《おお》きな二まい貝《がい》。

日《ひ》ごろ、外《そと》の世界《せかい》にふれようとせず、自分《じぶん》たち以外《いがい》の人間《にんげん》はどうでもいいような船長《せんちょう》の、命《いのち》をかけての行動《こうどう》には、びっくりするほかありませんでした。

あとで、アロナクス博士《はかせ》がきくと、船長《せんちょう》はこう答《こた》えたそうです。

「あの真珠《しんじゅ》とりの若者《わかもの》は、インド人《じん》です。かれの*祖国《そこく》は、強《つよ》い国《くに》に苦《くる》しめられており、だからあのような貧《まず》しいくらしをし、危険《きけん》な仕事《しごと》につかないといけないのです。わたしは、いつでもそういった人《ひと》たちの味方《みかた》なのですよ。」

この話《はなし》は、ネモ船長《せんちょう》がいったい何者《なにもの》で、ノーチラス号《ごう》をなんのためにつくったかというぎもんを、あらためて考《かんが》えさせるものでした。

ぼくは、アロナクス博士《はかせ》にこんな話《はなし》をしたことがあります。

「ネモ船長《せんちょう》は、もとは学者《がくしゃ》だったのではないでしょうか。すばらしい研究《けんきゅう》をし、世界《せかい》をかえてしまうような発明《はつめい》や発見《はっけん》をしたにもかかわらず、ほかの人《ひと》たちからみとめられなかった。そのことに失《しっ》望《ぼう》し、世《よ》の中《なか》をうらんで、こんな潜水艦《せんすいかん》をつくって、中《なか》にとじこもったのではないかと思《おも》うんです。そして、今《いま》はだれからも何《なに》もいわれずに、自分《じぶん》のすきな学問《がくもん》に、打《う》ちこんでいるのではないか。」

＊祖国《そこく》…ここでは自分《じぶん》の生《う》まれた国《くに》。

博士《はかせ》は、同《おな》じ学者《がくしゃ》として、なっとくできないようでしたが、今《いま》は、ぼくも同《おな》じ気持《きも》ちです。ただ学問《がくもん》をしたいなら、そこまでするだろうか……と。

博士《はかせ》が手当《てあ》てし、でもとうとう助《たす》けられないで海底《かいてい》にほうむられた乗組員《のりくみいん》は、ほんとうにただの事故《じこ》でけがをしたのでしょうか。

その前《まえ》に、ぼくたちを一室《いっしつ》にとじこめ、薬《くすり》でねむらせることまでして、行《おこな》った「作業《さぎょう》」とはなんでしょう。魚《さかな》とりとか、船《ふね》の修理《しゅうり》なら、そんなひつようはないはずです。

だとしたら、何《なに》かもっとおそろしいことが、行《おこな》われたのではないでしょうか。ひん死《し》のけが人《にん》が出《で》るような危険《きけん》なことが……。

ゲボロア島《とう》での出来事《できごと》でもわかるように、このノーチラス号《ごう》は何《なん》百人《にん》もの敵《てき》にせめてこられても、かんたんに追《お》いかえしてしまう力《ちから》をもっています。

ということは、もっと何《なに》か大《おお》きくて強《つよ》い敵《てき》と、戦《たたか》うようなことでもあったのでしょうか。だとしたら、それはいったい――？


ぼくらのぎもんをよそに、インド洋《よう》をはなれたノーチラス号《ごう》は、やがて、*1アラビア半島《はんとう》とアフリカ大陸《たいりく》にはさまれた紅海《こうかい》に入《はい》りました。

紅海《こうかい》は長《なが》さ二千三百キロ、はば二百から三百五十キロほどの細長《ほそなが》い海《うみ》です。今《いま》まさに大工事《だいこうじ》が行《おこな》われている*2スエズ運河《うんが》が開通《かいつう》すれば、地中海《ちちゅうかい》までぬけていくことができますが、今《いま》は行《い》きどまりです。

ぼくたちがノーチラス号《ごう》につかまった日本近《ちか》くの海《うみ》や、ついこの

*1アラビア半島《はんとう》…アジア大陸西部《たいりくせいぶ》にある、世界《せかい》でいちばん大《おお》きな半島《はんとう》。

*2スエズ運河《うんが》…エジプト北東部《ほくとうぶ》の、地中海《ちちゅうかい》と紅海《こうかい》をつなぐ、船《ふね》を通《とお》すためにつくられた水路《すいろ》。一八六九年《ねん》に開通《かいつう》した。

南《みなみ》アフリカの南《みなみ》はし、喜望峰《きぼうほう》をぐるっと回《まわ》るほかないのです。

だから、博士《はかせ》は、てっきりノーチラス号《ごう》は、紅海《こうかい》の入《い》り口《ぐち》にあるアデンという古《ふる》い都市《とし》のあたりで引《ひ》きかえすと思《おも》っていたのですが、ネモ船長《せんちょう》はどんどん船《ふね》を進《すす》めていくばかりです。

いったいどこへ行《い》こうというのでしょう。ネモ船長《せんちょう》がいうには、

「今《いま》、この先《さき》のスエズでは、運河《うんが》をつくるため、何万人《なんまんにん》ものエジプト人《じん》やそのほかの国《くに》の人《ひと》たちがかりだされ、どれいのようにはたらかされています。二《ふた》つの海《うみ》がつながれば、ばく大《だい》なお金《かね》もうけになるというのでね。今《いま》から、そんな工事《こうじ》がまったくむだだということを教《おし》えてあげましょう。」

ノーチラス号《ごう》が、紅海《こうかい》の北《きた》のはて、スエズに着《つ》いたのは、晩《ばん》のことでした。ネモ船長《せんちょう》は、みずから船《ふね》をそうじゅうすることにし、しかもそのようすを見《み》せてくれました。両側《りょうがわ》は、切《き》りたったようながけ。

どんどんせまくなってくるその間《あいだ》を、ノーチラス号《ごう》は、しずかに進《すす》んでいきます。

そうじゅう室《しつ》には、大《おお》きなハンドルがあり、それを左右《さゆう》に回《まわ》すことでかじを取《と》るようになっています。まわりにはレンズのようになった大《おお》きな丸《まる》いまどがあり、ぼくたちがてっきり怪物《かいぶつ》の光《ひか》る目玉《めだま》だと思《おも》ったのはここでした。

いよいよ紅海《こうかい》の行《い》き止《ど》まりに近《ちか》づくと、そうじゅう士《し》に代《か》わってネモ船長《せんちょう》が、かじ取《と》りのハンドルをにぎりました。

しんちょうに進路《しんろ》をえらびながら、船《ふね》を進《すす》めていくと、強力《きょうりょく》なライトにてらされた前方《ぜんぽう》のがけに、ぽっかり開《あ》いた丸《まる》いあな！

これこそは、ネモ船長《せんちょう》しか知《し》らない「アラビア・トンネル」でした。船長《せんちょう》は、紅海《こうかい》と地中海《ちちゅうかい》に同《おな》じ種類《しゅるい》の魚《さかな》がいることに気《き》づき、いろいろ調《しら》べてみて、地底《ちてい》にトンネルがあることを発見《はっけん》していたのです。

ノーチラス号《ごう》は、その入《い》り口《ぐち》から入《はい》ると、せまい地下《ちか》の水路《すいろ》をまっすぐ進《すす》んでいきました。

まどから見《み》えるのは、岩《いわ》かべが、しもようになって流《なが》れてゆくようすだけ。今《いま》にもぶつかりそうで、気《き》が気《き》ではありません。

そして、二十分後《ぷんご》、暗《くら》い中《なか》にも、まわりのけしきがぱあっと開《ひら》けるのがわかりました。ほっとしたそのとき、ネモ船長《せんちょう》が手《て》をはなし、ぼくたちをふりかえるといいました。

「地中海《ちちゅうかい》です。」

11

海《かい》底《てい》火《か》山《ざん》と南《なん》極《きょく》への旅《たび》

こうしてノーチラス号《ごう》は、何《なん》か月《げつ》もかかるアラビア地方《ちほう》からヨーロッパへの旅《たび》を、あっという間《ま》にすませてしまいました。

でも、ヨーロッパに着《つ》いたということは、ぼくたちにとっておなじみの世界《せかい》にもどってきたということです。

ぼくたち三人《にん》の間《あいだ》で、こっそり*脱走計画《だっそうけいかく》が話《はな》しあわれるようになりました。一方《いっぽう》、ノーチラス号《ごう》は、ギリシャの美《うつく》しい島々《しまじま》をめぐり、太平洋《たいへいよう》や南《みなみ》の島《しま》とはちがう、けしきや生《い》き物《もの》を見《み》せてくれるのでした。そう、たとえば、こんなふうに――。

地中海《ちちゅうかい》に入《はい》って三日《みっか》ほどたったころ、船内《せんない》がひどく暑《あつ》くなりました。ぐんぐん温度《おんど》が上《あ》がって四十度《ど》をこえ、まどガラスなどさわっていられないほどです。

外《そと》を見《み》ると、海《うみ》が白《しろ》くあわだっています。さらに海底《かいてい》が赤《あか》く光《ひか》っているのが見《み》えてくると、暑《あつ》さはたえられなくなりました。

「これは、もしかして海底火山《かいていかざん》ですか。」

＊脱走《だっそう》…ぬけだして、にげること。

アロナクス博士《はかせ》がたずねると、ネモ船長《せんちょう》はうなずいて、

「そうです。サントリニ島《とう》の近《ちか》くで、ここでは今《いま》、新《あら》たに島《しま》が生《う》まれつつあるのです。」

海《うみ》の底《そこ》でふん火《か》する火山《かざん》、水《みず》の中《なか》でも、もえつづけるほのお。そんな風景《ふうけい》を見《み》ながらも、ネッドはニヤリとつぶやきました。

「ふん、泳《およ》いでにげるには、ちっと水温《すいおん》が高《たか》すぎるようだな。」

ネッドはどんなときも、自由《じゆう》の身《み》となることを、あきらめてはいないのでした。

けれども、脱走《だっそう》のチャンスはなかなか見《み》つからず、そうこうするうちに、ノーチラス号《ごう》は地中海《ちちゅうかい》をぬけ、大西洋《たいせいよう》に出《で》てしまいました。

ヨーロッパはたちまち遠《とお》くになり、にげ場《ば》のない大海原《おおうなばら》が広《ひろ》がる

ばかり。そんなわけで、ぼくたちはいやおうなく、この広大《こうだい》な海《うみ》の*神秘《しんぴ》を見《み》せられることになったのでした。

あるときは、十八世紀《せいき》にしずんだスペインの船《ふね》と、そこにつまれていた、ばく大《だい》な金銀財宝《きんぎんざいほう》を見《み》ました。

それは、スペインが、アメリカ大陸《たいりく》に元《もと》から住《す》んでいた人《ひと》たちからうばったもので、船《ふね》で国《くに》に持《も》ちかえろうとしたときにイギリス艦《かん》隊《たい》にせめられ、そのまま海《うみ》にのまれたのです。

ネモ船長《せんちょう》はこれを回収《かいしゅう》し、強《つよ》い国《くに》にせめられたり、なんとか独立《どくりつ》しようと戦《たたか》ったりしている人《ひと》たちに、こっそり、わたしているのでした。

またあるときは、真《ま》っ暗《くら》な海《うみ》の底《そこ》に案内《あんない》されました。

*神秘《しんぴ》…人《ひと》の力《ちから》では考《かんが》えられないような、ふしぎなようす。

化《ば》け物《もの》のように巨大《きょだい》なエビやカニたちがうごめく中《なか》を、潜水服《せんすいふく》でぬけていくと、なんとそこには、たくさんの建物《たてもの》がならんでいたのです。

石《いし》でできた神殿《しんでん》やお城《しろ》、それに寺院《じいん》らしきもの――どれも大《おお》きく、りっぱで、高《たか》い文明《ぶんめい》がさかえていたことを物語《ものがた》っていました。

先《さき》に立《た》つネモ船長《せんちょう》とアロナクス博士《はかせ》は、何《なに》か身《み》ぶり手《て》ぶりで話《はな》しあっているようですが、ぼくにはさっぱりわかりません。

やがて、ネモ船長《せんちょう》が、足元《あしもと》から白《しろ》い石《いし》のかけらを拾《ひろ》うと、目《め》の前《まえ》にあった黒《くろ》い石《いし》に、こんな文字《もじ》を書《か》きました。

ATLANTIS《アトランティス》

アトランティス！　古代《こだい》ギリシャの哲学者《てつがくしゃ》がいいつたえた、なぞの大陸《たいりく》。すばらしい文化《ぶんか》と文明《ぶんめい》をほこりながら、一夜《いちや》にしてほろび、海《うみ》の底《そこ》にしずんだという、まぼろしの王国《おうこく》――。

もし、ここがアトランティスならば、ぼくたちが今《いま》、見下《みお》ろしているのは、海《うみ》の神《かみ》*1ポセイドンの都《みやこ》ということになるのでしょうか。そこには、いったいどれほどの宝物《たからもの》と、のちの時代《じだい》につたわらずに、ほろびた発明《はつめい》や発見《はっけん》がうずもれていることでしょう。

ぼくは、今《いま》すぐにもその中《なか》を探検《たんけん》したい気持《きも》ちにかられながら、ふと、こんなことも考《かんが》えました。

(ぼくたちが、今《いま》くらしている世界《せかい》も、いつかこんな形《かたち》で消《き》えてしまうのだろうか。そして、こんなふうにだれも知《し》らない海《うみ》の底《そこ》や、地《ち》の下《した》で、むなしくねむりつづけるのではないだろうか……。)

そのあとさらに、ノーチラス号《ごう》は、一面《いちめん》びっしり藻《も》*2でおおわれ、

船《ふね》が一度《いちど》まよいこんだら、からめとられて、身動《みうご》きがとれなくなるとおそれられている、サルガッソ海《かい》をおとずれました。

無数《むすう》のクジラにも出会《であ》いました。

ネモ船長《せんちょう》は、むやみにそれらをつかまえることをゆるしませんでした。ですが、同《おな》じクジラでも、どうもうな種類《しゅるい》が、弱《よわ》いものたちをおそっているのを見《み》たときには、とくにゆるしをもらったネッドがとびだしていき、強《つよ》いほうをやっつけました。

それから、ノーチラス号《ごう》は最大《さいだい》の冒険《ぼうけん》に乗《の》りだしました。

南《みなみ》へ、ひたすら南《みなみ》へ――。いったん上《あ》がった気温《きおん》は、ぐんぐんと下《さ》がりだし、船《ふね》のまわりには、白《しろ》いかたまりがうかぶようになりました。

＊1ポセイドン…ギリシャ神話《しんわ》の、海《うみ》・地震《じしん》・馬《うま》の神《かみ》。主《おも》に水《みず》の世界《せかい》を支配《しはい》する。
＊2藻《も》…ここでは水中《すいちゅう》に生《は》える植物《しょくぶつ》、海《かい》そうのこと。

流氷《りゅうひょう》です。氷山《ひょうざん》です。そう、ネモ船長《せんちょう》はげんざいのところ、だれもたどりついたことのない南極《なんきょく》を目指《めざ》していたのです。

ぼくたちの中《なか》で、ネッドは北極海《ほっきょくかい》での漁《りょう》をしたことがあるので、なれたようすでしたが、しだいに真《ま》っ白《しろ》になっていくまわりのけしきは、まるで死《し》の世界《せかい》に向《む》かうようなおそろしさでした。

はじめのころは、氷山《ひょうざん》に遊《あそ》ぶアザラシを見《み》て楽《たの》しんでいましたが、やがて、それどころではなくなりました。ノーチラ

ス号《ごう》のまわりがすっかり氷《こおり》におおわれ、身動《みうご》きがとれなくなったのです。

「潜水開始《せんすいかいし》！」

ネモ船長《せんちょう》の命令《めいれい》が、高《たか》らかにひびきます。こうして、潜水艦《せんすいかん》はあつい氷《こおり》の下《した》を進《すす》みはじめました。

その先《さき》に、はたして出口《でぐち》があるのかどうかは、わかりません。もし行《い》き先《さき》の海《うみ》もこおっていたとしたら？　うかびあがろうとしても、頭《あたま》の上《うえ》の氷《こおり》をうちやぶることができなかったら？

そう、ぼくたちは南極《なんきょく》の氷《こおり》に、自分《じぶん》からとじこめられてしまったのです！　船《ふね》の中《なか》はしんしんとひえこみ、それだけなら、がまんできたのですが、だんだんと息《いき》が苦《くる》しくなってきました。空気《くうき》タンクが、空《から》っぽになってきたのです。しかも、前方《ぜんぽう》は、ぶあつい氷山《ひょうざん》にふさがれ、進《すす》むこともできません。

エンジンを全開《ぜんかい》にし、とがった先《さき》で氷《こおり》をうちやぶろうとしました。ですが、それだけではたりずに、潜水服《せんすいふく》を着《き》た人間《にんげん》が出《で》ていって、おそろしい寒《さむ》さの中《なか》で、つるはしを、ふるわなければならないこともありました。このとき、乗組員以上《のりくみいんいじょう》に大活《だいかつ》やくしたのが、ネッドでした。

そんな苦《くる》しい旅《たび》のあと、ノーチラス号《ごう》はいきなり氷《こおり》のない海《うみ》に出《で》

ました。海面《かいめん》にうかびあがると、まわりの真《ま》っ白《しろ》な陸地《りくち》に、人間《にんげん》みたいに、二本足《ほんあし》でヒョコヒョコ歩《ある》いているきみょうな鳥《とり》たちが、いっぱいいました。それは、本《ほん》でしか見《み》たことのないペンギンでした。

ネモ船長《せんちょう》は、寒《さむ》さにもめげず、ノーチラス号《ごう》のデッキに立《た》っていましたが、やがて上陸《じょうりく》を命《めい》じました。そして、ある小高《こだか》い場所《ばしょ》に立《た》ち、しずみゆく太陽《たいよう》を観測《かんそく》すると、おごそかにつげたのです。

「しょくん、ここが南極点《なんきょくてん》です。また、われわれは六番目《ばんめ》の大陸《たいりく》の*到達者《とうたつしゃ》となったのです。どうか、ここが戦争《せんそう》ばかりしているやつらの手《て》に落《お》ちないように！」

その地点《ちてん》には、黒地《くろじ》に金色《きんいろ》でN《エヌ》の文字《もじ》をえがいた旗《はた》がかかげられ、ネモ船長《せんちょう》とノーチラス号《ごう》の、大発見《だいはっけん》のあかしとされたのでした。

*到達《とうたつ》…ある地点《ちてん》まで行《い》きつくこと。とどくこと。

12

巨大《きょだい》タコとの戦《たたか》い

南極点到達後《なんきょくてんとうたつご》、ノーチラス号《ごう》は北《きた》へ北《きた》へと大西洋《たいせいよう》をつっきり、南《みなみ》アメリカ大陸《たいりく》のそばを通《とお》りながら、*バハマ諸島《しょとう》まで来《き》ました。

そこの海中《かいちゅう》には、断《だん》がいのようなものがそびえたち、びっしりと大《おお》きな海《かい》そうが生《は》えていました。ところどころに黒《くろ》いあなが開《あ》いており、そ

こにうごめいているのはなんだろう、という話《はなし》になりました。

「たぶんタコだろうね。それも相当《そうとう》に大《おお》きな。」

アロナクス博士《はかせ》がいうと、ネッドがふきだして、

「おいおい、今《いま》見《み》えたのは、ほんのはしっこだけだが、それでも何《なん》メートルかあったぜ。あれが体《からだ》の一部《いちぶ》だとしたら、とんでもない大《おお》きさのタコということになる。そんな化《ば》け物《もの》がいるもんか。」

「いやいや、そうとはかぎらないよ。船乗《ふなの》りのいいつたえや、学者《がくしゃ》の記録《きろく》にも、とてつもない大《おお》きさの、タコやイカがあらわれたことは、まちがいないらしい。だから、ありえないとは決《き》めつけられないね。」

博士《はかせ》がそういっても、ネッドはなっとくせずに、

＊バハマ諸島《しょとう》…北大西洋《きたたいせいよう》の西《にし》インド諸島北部《しょとうほくぶ》にある、島々《しまじま》。

「そりゃ、おれだって小山《こやま》のような大《おお》きさのイカが船《ふね》をおそっている絵《え》とかは、見《み》たことがあるよ。でも、そんなのは、ただの作《つく》り話《ばなし》。おれは、自分《じぶん》の目《め》で見《み》たものしか信《しん》じないからね。」

「まあ、海《うみ》の怪物《かいぶつ》の正体《しょうたい》が巨大《きょだい》なイッカクだという、わたしのすい理《り》はまちがっていたけれどもね。ただ、巨大《きょだい》なタコについては細《こま》かい数字《すうじ》もふくめて、信用《しんよう》のおける資料《しりょう》がのこっているんだ。」

アロナクス博士《はかせ》は、さまざまな例《れい》を話《はな》して聞《き》かせました。でも、あくまでネッドは、自分《じぶん》が一度《いちど》もそんなものに出《で》くわしたことがない以上《いじょう》、信《しん》じられないといいはります。

そのときぼくは、たまたま、まどの外《そと》をながめていたのですが、二人《ふたり》のほうをふりかえりもせずに、いいました。

「あのう、博士《はかせ》。その大《おお》ダコというのは、大《おお》きさが八メートルくらいあったのではありませんか？」

「ああ、たぶんそれくらいはあったろうね。」

博士《はかせ》は、とまどったように答《こた》えました。ぼくはつづけて、

「そいつの目《め》はとても大《おお》きく、ぎょろっとむきだされてはいませんでしたか？」

「そのとおりだ、コンセイユくん。」

「口《くち》はオウムのくちばしそっくりで、ぞっとするほど大《おお》きいのではありませんか？」

「それもそうだが……きみは、何《なに》がいいたいのかね？」

アロナクス博士《はかせ》は、わけがわからないという感《かん》じでたずねました。

「はい……どうやら、ここにいるのは、先生《せんせい》がおっしゃったような生《い》き物《もの》らしいです。」

ぼくの言葉《ことば》に、博士《はかせ》とネッドはまどにかけよりました。

「こ、これは……」

「ちくしょう、こんな化《ば》け物《もの》ダコがほんとうにいやがるとは！」

まどの向《む》こうにいるのは、まさに、怪物《かいぶつ》なみのタコでした。そいつの不気味《ぶきみ》さ、おそろしさに、ぼくは目《め》をくぎづけにされていたのです。

グニャグニャうごめく八本《ぽん》の足《あし》、その内側《うちがわ》にずらりとついた気味《きみ》の悪《わる》い＊吸《きゅう》ばん。巨大《きょだい》な目《め》は敵意《てきい》にみちてギョロギョロ動《うご》き、体全体《からだぜんたい》が、のびたりちぢんだりしました。

＊吸《きゅう》ばん…ここではタコ、イカなどにある、ほかのものに吸《す》いつくための体《からだ》の器官《きかん》。

何《なに》よりおそろしいのは、口《くち》でした。くちばしのようにも黒《くろ》いかぎづめのようにも見《み》えるものが、カチカチと開《ひら》いたりとじたりするのは、地球《ちきゅう》の生《い》き物《もの》とは思《おも》えないおぞましさでした。

しかも、タコは一ぴきだけではなかったのです。何《なん》びきもの大《おお》ダコが、ノーチラス号《ごう》に取《と》りつき、ついには船体《せんたい》をかじるガリガリという音《おと》まで聞《き》こえてきました。

とつぜん、エンジンが止《と》まりました。そこへ、ネモ船長《せんちょう》が来《き》て、

「本船《ほんせん》はこれから、ぶかっこうでやっかいな敵《てき》と、戦《たたか》わねばなりません。やつらの足《あし》が、スクリューにからんでしまったようです。取《と》りのぞかないかぎり、一歩《ぽ》も進《すす》むことはできません。」

「これはおもしろい。大《おお》ダコたいじか。てつだわせてもらうぜ。」

ネッドは元気《げんき》いっぱいにいい、もちろん、博士《はかせ》とぼくも、くわわることにしました。ほかの乗組員《のりくみいん》たちとともに、おのを持《も》って外《そと》に通《つう》じるハッチの下《した》の階段《かいだん》に集《あつ》まりました。

ゆうかんな乗組員《のりくみいん》が階段《かいだん》を上《のぼ》り、ハッチを開《ひら》きます。そのとたん、一本《ぽん》の長《なが》い足《あし》がヘビみたいに入《はい》りこんできました。

ネモ船長《せんちょう》がおのをふりおろし、タコの足《あし》は切《き》りおとされましたが、そのまくねりながら、ろう下《か》をすべっていきました。

いきおいにのって、ぼくたちは階段《かいだん》からデッキに出《で》ようとしました。次《つぎ》のしゅん間《かん》、新《あら》たに二本《ほん》の足《あし》がすべりこんできて、先頭《せんとう》にいた乗組員《のりくみいん》にまきつきました。

「助《たす》けてくれえっ。」

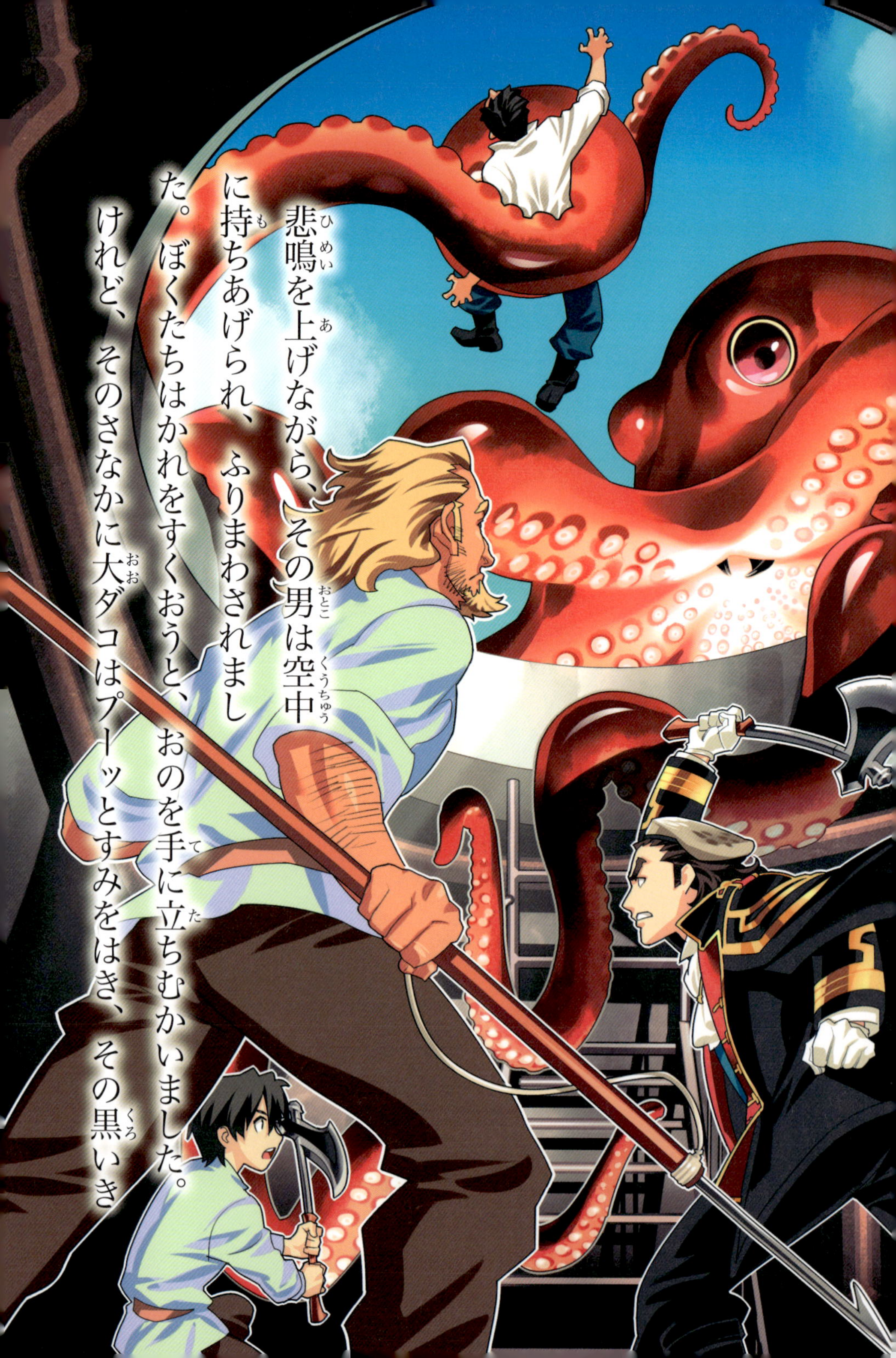

悲鳴《ひめい》を上《あ》げながら、その男《おとこ》は空中《くうちゅう》に持《も》ちあげられ、ふりまわされました。ぼくたちはかれをすくおうと、おのを手《て》に立《た》ちむかいました。けれど、そのさなかに大《おお》ダコはプーッとすみをはき、その黒《くろ》いき

りが晴《は》れたときには、タコも男《おとこ》のすがたも見当《みあ》たりませんでした。

ノーチラス号《ごう》は、大小《だいしょう》さまざまなタコたちにからみつかれ、みんなそいつらをやっつけるので、せいいっぱいでした。

中《なか》でもネッドの活《かっ》やくは、すごいものでした。でも、いきなり、むちのようにおそってきた足《あし》はさけられず、なぎたおされてしまいました。そこへ、あの気味《きみ》の悪《わる》いくちばしのはえた口《くち》が近《ちか》づきました。今《いま》にもネッドの体《からだ》が真《ま》っ二《ぷた》つにかみきられそうになったとき、ネモ船長《せんちょう》が、おのをタコの口《くち》にたたきつけました。

その一《いっ》しゅんの間《あいだ》に、体《からだ》を立《た》てなおしたネッドは、もりをタコの三《みっ》つあるともいわれる心臓《しんぞう》にたたきこみ、その息《いき》の根《ね》を止《と》めたのでした。

13

ネモ船長《せんちょう》のいかり

今日《きょう》は一八六八年《ねん》六月《がつ》一日《ついたち》。ぼくたちがノーチラス号《ごう》にとらわれて、もうすぐ七か月《げつ》になろうとしていました。

とつぜんの爆発音《ばくはつおん》が、ぼくをおどろかせました。デッキに出《で》ると、先《さき》にネッドが来《き》ていて、水平線《すいへいせん》のあたりにいる大型汽船《おおがたきせん》を指《ゆび》さすと、いいました。

「今《いま》のは大《たい》ほうの音《おと》だな。あの船《ふね》がうったんだよ。」

そこにアロナクス博士《はかせ》がやってきたのですが、なぜだかうかない顔《かお》だったので、

「どうかされたんですか。」

と、たずねると、博士《はかせ》は考《かんが》えこみながら、

「ああ、ネモ船長《せんちょう》のようすがちょっとへんでね。……それより、ネッドくん。あそこにいるのは、どこの国《くに》のどんな船《ふね》かわかるかね。」

ネッドが「よしきた」と、じまんの視力《しりょく》を生《い》かして、さっきより少《すこ》し近《ちか》づいた船《ふね》を見《み》つめました。しばらくしてから、

「うーん、軍艦《ぐんかん》であることはまちがいないな。それも、そうとう強《つよ》そうなやつだ。だが、どこの国《くに》のものだかはわからない。」

「そうか……。」

と、博士《はかせ》はざんねんそうでしたが、ネッドはいきおいこんで、

「それより、これはチャンスじゃないか。あの船《ふね》がもっと近《ちか》づいた

ら、このまま海《うみ》にとびこもう。」

「いよいよですか。向《む》こうからも、ぼくらが見《み》えているでしょうからね。先生《せんせい》、行《い》きましょう。ぼくがお助《たす》けします。」

ぼくがそういった、まさにそのときでした。軍艦《ぐんかん》の先頭《せんとう》に白《しろ》いけむりが見《み》えたかと思《おも》うと、ノーチラス号《ごう》の近《ちか》くで水《みず》しぶきが上《あ》がりました。

つづいて、ドーンという爆発音《ばくはつおん》。

「あいつら、おれたちをねらっていやがる。ここにいるのは、望遠鏡《ぼうえんきょう》で見《み》えているはずなのに！」

「わたしたちじゃない。このノーチラス号《ごう》をねらっているんだ。かれらは、これがイッカクのような海《うみ》の怪物《かいぶつ》でなく、新型《しんがた》の潜水艦《せんすいかん》だと知《し》っている。そのうえで、おそってきたんだ！」

博士《はかせ》のいうとおりでした。おそらくリンカーン号《ごう》の事件《じけん》のあとで、いろんな国《くに》がそのことに気《き》づいたのです。そして、ノーチラス号《ごう》を

わがものにし、そのひみつを知《し》ろうとしはじめたのです。

気《き》がつくと、ぼくたちの後《うし》ろにネモ船長《せんちょう》が立《た》っていました。その顔《かお》つきは、今《いま》まで見《み》たことがないほどおそろしく、うらみといかりにみちていました。

「船《ふね》の中《なか》に下《お》りていてください、みなさん。わたしには、これからしなくてはならないことがあります。」

「いったい何《なに》をしようというんです、船長《せんちょう》。」

博士《はかせ》がたずねました。どうやら、ここに来《く》る前《まえ》から船長《せんちょう》のようすがおかしいのを、見《み》ていたようでした。

「あの船《ふね》をこうげきし、ちんぼつさせます。それだけのことです。」

ネモ船長《せんちょう》は、つめたくいいはなちました。博士《はかせ》は強《つよ》い口調《くちょう》で、

「やめなさい、そんなことは。それは殺人《さつじん》です。」

「殺人《さつじん》？　それこそ、やつらがわたしの祖国《そこく》とふるさとと、家族《かぞく》にしたことだ。旗《はた》はかくしても、あれがどこの国《くに》の船《ふね》かは、わたしにはわかる。今回《こんかい》ばかりは、口出《くちだ》ししないでいただきましょう。」

船長《せんちょう》の合図《あいず》で、乗組員《のりくみいん》たちはぼくたちを取《と》りかこみ、おさえつけました。いつもはおだやかなのに、あの軍艦《ぐんかん》に向《む》ける目《め》には、船長《せんちょう》と同《おな》じものがありました。復《ふく》しゅうのほのおです。

そのあと、ネモ船長《せんちょう》と乗組員《のりくみいん》がどんなことをしたか、くわしくは知《し》りません。でも、あの薬《くすり》でねむらされたときとちがって、ぼくたちは、ガラスごしに、あの軍艦《ぐんかん》の運命《うんめい》を知《し》ることができたのです。

巨大《きょだい》な軍艦《ぐんかん》が、すぐ近《ちか》くでゆっくりとしずもうとしていました。

甲板《かんぱん》にはいっぱい人《ひと》がいましたが、かれらは必死《ひっし》でロープにしがみつき、マストによじのぼっていました。ですが、そのこころみもむなしく、軍艦《ぐんかん》はいちばん高《たか》いマストの先《さき》まで、海《うみ》にのみこまれました。

とつぜん、船《ふね》の内部《ないぶ》で大爆発《だいばくはつ》が起《お》こりました。甲板《かんぱん》がふきとばされ、船体《せんたい》は大《おお》きくさけて、無数《むすう》の*船荷《ふなに》や大《たい》ほう、それに人間《にんげん》たちをまきちらしながら、まっしぐらに深《ふか》みへと落《お》ちていったのでした……。

ぼくたちは、そのありさまを、きょうふにふるえ、あぶらあせをたらしながら見《み》ていました。

たえきれなくなったのか、アロナクス博士《はかせ》が立《た》ちあがると、ドアの音《おと》もあらあらしく、出《で》ていきました。きっと、ネモ船長《せんちょう》にこうぎをしに行《い》ったのでしょう。

ですが、間《ま》もなく帰《かえ》ってくると、ぽつりぽつりといいました。

「ネモ船長《せんちょう》はないていたよ。たった一人《ひとり》、自分《じぶん》の部屋《へや》で、美《うつく》しい女《おんな》の人《ひと》と子《こ》どものすがたをえがいた絵《え》の前《まえ》で……。あれは、かれの亡《な》くなった家族《かぞく》ではないだろうか。」

＊船荷《ふなに》……船《ふね》につんでいる物《もの》。

14

大《おお》うずまき――旅《たび》の終《お》わり

この悲劇《ひげき》からというもの、ノーチラス号《ごう》のふんいきは、すっかりかわりました。いえ、かわったのはぼくらの気持《きも》ちかもしれません。ネッドはもちろん、ぼくもここでの生活《せいかつ》にいや気《け》がさしていましたし、研究《けんきゅう》のためならとどまってもいいと思《おも》っていたらしいアロナクス博士《はかせ》の心《こころ》も、ネモ船長《せんちょう》からはなれてしまったようです。

脱走計画《だっそうけいかく》はいよいよねられ、方法《ほうほう》も決《き》まりました。それは、ノーチラス号《ごう》の船体《せんたい》にはめこまれている、ボートに乗《の》りこむことでした。

チャンスは、意外《いがい》に早《はや》くやってきました。ある晩《ばん》のこと、ネッドが、ひさしぶりに陸地《りくち》の近《ちか》くにまで来《き》たことに気《き》づいたのです。

「よし、今夜《こんや》、決行《けっこう》しよう。」

博士《はかせ》もとうとう決断《けつだん》し、すきをみてボートに乗《の》りこむことにしました。船《ふね》がみょうなゆれ方《かた》をしているのが気《き》になりましたが、乗組員《のりくみいん》がそちらに注意《ちゅうい》を向《む》けているのは、こうつごうでした。

ぼくとネッドがボートのそばに来《き》てから、だいぶおくれてアロナクス博士《はかせ》がやってきました。

「ここに来《く》る前《まえ》、ちらっとネモ船長《せんちょう》の部屋《へや》をのぞいたんだが、かれは、こうつぶやいていた。『*全能《ぜんのう》の神《かみ》よ、もうたくさんだ！』とね。」

ぼくもネッドもハッとしましたが、今《いま》はそれどころではありません。船内《せんない》でさわぎが起《お》こり、こうさけぶのが聞《き》こえてきたからです。

＊全能《ぜんのう》…どんなことでもできること。

——メールシュトレーム！　マエルストローム！
　いろんな国《くに》のなまりで、さけばれた言葉《ことば》の意味《いみ》を知《し》っていたら、ぼくたちは思《おも》いとどまったかもしれません。でも、そのときは、脱走《だっそう》が感《かん》づかれたのだと思《おも》って、それどころではありませんでした。
　ボートを固定《こてい》したねじをはずし、おおいを取《と》りさりました。

そのときはじめて、ぼくたちは外《そと》が大嵐《おおあらし》なのに気《き》づいたのです。

さっきのさけび、あれは「大《おお》うずまき」を指《さ》すものだったのです。もうあともどりはできず、ぼくたちはボートに乗《の》りこみました。そして、ノーチラス号《ごう》とのつながりを切《き》った、そのしゅん間《かん》、大《おお》うずまきが、ぼくらとノーチラス号《ごう》を、一《ひと》のみにしたのでした……。

それからどれほどたったでしょう。ぼくたちはノルウェーのとある漁村《ぎょそん》で、息《いき》をふきかえしました。嵐《あらし》にのまれたぼくたちを、ここの漁師《りょうし》の人《ひと》たちが助《たす》けてくれたのです。

助《たす》かった、これでなつかしいわが家《や》へ帰《かえ》れる！　ぼくたちのよろこびは一《ひと》*とおりではありませんでした。

やがて、ネッドとわかれ、ぼくとともにパリの研究室《けんきゅうしつ》にもどったアロナクス博士《はかせ》は、今回《こんかい》の冒険《ぼうけん》にかんする記録《きろく》をまとめはじめました。それは、海底《かいてい》の二万《にまん》マイルにもわたる旅《たび》と冒険《ぼうけん》について記《しる》したものでした。

ノーチラス号《ごう》の行方《ゆくえ》は、まったくわかりません。あれからというもの、海《うみ》の怪物《かいぶつ》のうわさを聞《き》くことはなくなりました。ネモ船長《せんちょう》と部下《ぶか》たちは、あの大《おお》うずまきにのまれ、この世《よ》から消《き》えてしまったのでしょうか……。

けれど、アロナクス博士《はかせ》*2手記《しゅき》の中《なか》で、このように書《か》いておられます。

「あのすばらしい潜水艦《せんすいかん》ノーチラス号《ごう》が、あのまま海《うみ》の藻《も》くずと消《き》えてしまったとは思《おも》わない。あれ以来《いらい》、海《うみ》での怪事件《かいじけん》が報告《ほうこく》されていないのは、ネモ船長《せんちょう》が復《ふく》しゅうのおろかさに気《き》づき、にくしみをすてたからだと信《しん》じたい。そして、わたしは期待《きたい》したいのだ。ネモ船長《せんちょう》がふたたびこの世《よ》にあらわれたとき、その頭脳《ずのう》が戦争《せんそう》ではなく、平和《へいわ》のために役立《やくだ》てられることを！」

（おわり）

＊1一《ひと》とおりではない…ふつうでない。当《あ》たり前《まえ》でない。
＊2手記《しゅき》…自分《じぶん》の体験《たいけん》や感想《かんそう》などを、書《か》きしるした物《もの》。

物語《ものがたり》と原作者《げんさくしゃ》について

空想《くうそう》と科学《かがく》の大旅行《だいりょこう》

編訳《へんやく》・芦辺《あしべ》 拓《たく》

十九世紀《せいき》、それは発明《はつめい》と発見《はっけん》の時代《じだい》でした。蒸気機関車《じょうききかんしゃ》、電信《でんしん》・電話《でんわ》、写真《しゃしん》、蓄音機《ちくおんき》……さまざまな機械《きかい》がくらしを便利《べんり》にしましたし、自然界《しぜんかい》のふしぎもときあかされ、医学《いがく》が発達《はったつ》して多《おお》くの病気《びょうき》がなおせるようになりました。

でも、まだ地図《ちず》には空白《くうはく》がのこされていましたし、気球《ききゅう》で空《そら》にうかぶことはできても自由《じゆう》には飛《と》べず、まして宇宙《うちゅう》は望遠鏡《ぼうえんきょう》で見《み》るだけの別世界《べっせかい》でした。

そんな時代《じだい》に、はるか先《さき》を見通《みとお》した物語《ものがたり》を書《か》いた人《ひと》がいました。世界《せかい》のはてまでも探検《たんけん》できる潜水艦《せんすいかん》や空飛《そらと》ぶ戦艦《せんかん》、大昔《おおむかし》の生《い》き物《もの》が今《いま》もさかえている地底世界《ちていせかい》の冒険《ぼうけん》や、巨大《きょだい》な大《たい》ほうを使《つか》っての月世界《げっせかい》への旅《たび》などなど——。

その人《ひと》の名《な》はジュール・ベルヌ。一八二八年《ねん》にフランスのナントに生《う》まれ

たかれは、子《こ》どものころから冒険《ぼうけん》にあこがれ、十一歳《さい》のとき外国行《がいこくい》きの船《ふね》に乗《の》りこんでしまいました。すぐ見《み》つかっておろされたのですが、そのあとお父《とう》さんにしかられたベルヌは「これからは空想《くうそう》の中《なか》でしか旅行《りょこう》しません」とちかったといいます。法律家《ほうりつか》になるためパリに出《で》たものの、小説《しょうせつ》や劇《げき》がすきになり、『岩《がん》くつ王《おう》』の作者《さくしゃ》デュマと知《し》りあったこともあり、作家《さっか》を目指《めざ》して文《ぶん》学《がく》だけでなく、当時《とうじ》どんどん発展《はってん》していた科学《かがく》の本《ほん》を読《よ》みあさります。

さいしょはふつうの芝居《しばい》を書《か》いていましたが、友人《ゆうじん》の写真家《しゃしんか》が気球《ききゅう》をあげるという話《はなし》にしげきされて書《か》いた『気球《ききゅう》に乗《の》って五週間《しゅうかん》』がひょうばんとなり、一九〇五年《ねん》に亡《な》くなるまで、科学的事実《かがくてきじじつ》をふまえたうえで空想《くうそう》のつばさをはばたかせた小説《しょうせつ》を書《か》くことになります。それらは「驚異《きょうい》の旅《たび》」シリーズとよばれ、子《こ》どものときのちかいを実現《じつげん》させたものとなりました。

この『海底二万《かいていにまん》マイル』は、一八七〇年《ねん》に本《ほん》になった

作者《さくしゃ》のジュール・ベルヌ

©Roger-Viollet

ベルヌの代表作《だいひょうさく》です。もともとのタイトルは『海《うみ》の中《なか》の二万《まん》リュー（英語《えいご》ではリーグ）』といい、これは約《やく》八万《まん》キロにあたり、マイルだと約《やく》五万《まん》マイルになってしまいますが、一九五四年《ねん》のディズニー映画《えいが》が日本では「海底《かいてい》二《に》万《まん》哩《マイル》」として公開《こうかい》されて以来《いらい》、こちらのほうがなじみがあるので、このタイトルとしました。

この物語《ものがたり》のすばらしさは、ノーチラス号《ごう》のような潜水艦《せんすいかん》が現実《げんじつ》のものとなり、はるかに海《うみ》のことがよくわかるようになった今《いま》読《よ》んでも、やっぱりワクワクするおもしろさをたもっている点《てん》でしょう。そして、どうやら戦争《せんそう》によって生《う》まれた国《くに》をほろぼされ、家族《かぞく》をうしなったらしいネモ船長《せんちょう》のすがたもまた、わたしたちに何《なに》かをうったえかけてくるようではありませんか。

ベルヌの作品《さくひん》は、ＳＦ《エスエフ》――空想科学小説《くうそうかがくしょうせつ》の元祖《がんそ》ともいわれ、ほかにもおもしろいものがいっぱいあります。わたしもむちゅうになったこの物語《ものがたり》が、みなさんがそれらを読《よ》むきっかけになることを心《こころ》からねがっています。

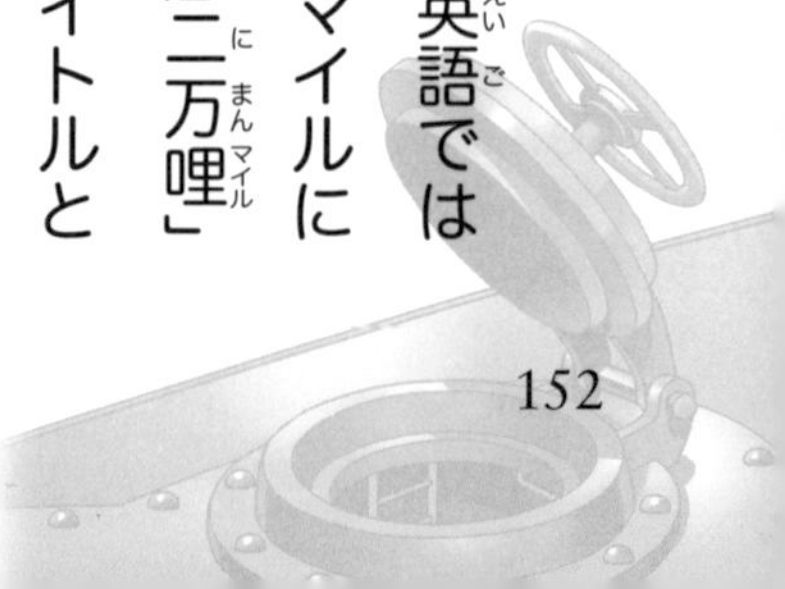

なぜ、今、世界名作？

監修／千葉経済大学短期大学部こども学科教授　横山洋子

★世界中の人が「太鼓判」！

なぜ名作といわれる作品は、時代を越えて読み継がれるのでしょうか。古いなあと感じることなく、人の心を打つのでしょうか。それは、名作といわれる物語には、人が生きることの本質を射抜く何かがあるからでしょう。生きるとは、楽しいことばかりではありません。苦難に遭い、歯を食いしばって耐えなければならないことも当然あります。これらの作品は、私たちに生きる勇気を与えてくれます。「人生をもっと楽しめ」、「強く生きよ」、と励ましてくれるのです。

読んだ人が「おもしろい」と言ったことが口コミで広がり、「そうかな？」と思って読んだ人が「やっぱり読む価値がある」と思った作品。つまり名作には、世界中のたくさんの人々が、「お勧め！」「太鼓判！」と感じた実績があるということ。いわば、世界の人々の共有財産なのです。

★グローバルな価値観を学び取る

また、世界各国の作家による作品にふれるうちに、その国の事情を知り、歴史を知り、文化、生活についても知ることができます。何を大切にして生きているのか、というグローバルな新たな価値観も学び取ることができるのです。広い視野をもち、多様な感じ方、考え方をふまえた上で、自分はどう思うのか、どう生きていくのかを子ども自身が思索できるようになるでしょう。

★人生に必要な「生きる力」がある

10歳までの固定観念にとらわれない柔軟な時期にこそ、世界の人々がこぞって読んでいる作品にざっくりとふれ、心を動かし、豊かな感性で「こんな話もあるんだ」とインプットしてほしい、そして、中高生になったらもう一度、次は完訳の形で読み、さらに作品の深い部分をじっくり味わってほしい、と思います。名作を読んで登場人物と同化し、一緒に感じたり考えたりすることでできる疑似体験は、豊かな感情表現や言語表現、想像性の育ちにもつながるでしょう。

名作の扉を一冊ひらくごとに、きっと、人生に必要な「生きる力」が自然に育まれるはずです。

編訳　**芦辺 拓**（あしべ　たく）

1958年大阪市生まれ。同志社大学卒業。読売新聞記者を経て『殺人喜劇の13人』で第1回鮎川哲也賞受賞。主に本格ミステリーを執筆し『十三番目の陪審員』『グラン・ギニョール城』『紅楼夢の殺人』『奇譚を売る店』など著作多数。《ネオ少年探偵》シリーズ、『10歳までに読みたい世界名作6巻 名探偵シャーロック・ホームズ』『10歳までに読みたい世界名作12巻 怪盗アルセーヌ・ルパン』（以上、Gakken）など、ジュヴナイルやアンソロジー編纂・編訳も手がける。

絵　**藤城 陽**（ふじしろ　よう）

1966年生まれ。会社勤めを経て、独立。イラスト作画に、『ストレイト・ジャケット』『冬の巨人』(以上、KADOKAWA)、『Black＆Blue』（小学館）ほか、多数。

監修　**横山洋子**（よこやま　ようこ）

千葉経済大学短期大学部こども学科教授。幼稚園、小学校教諭を17年間経験したのち現職。著書に『子どもの心にとどく指導法ハンドブック』（ナツメ社）、『名作よんでよんで』シリーズ（お話の解説・Gakken)、『10分で読める友だちのお話』『10分で読めるどうぶつ物語』（選者・Gakken）などがある。

写真提供／Gakken写真資料

10歳までに読みたい世界名作24巻

海底二万マイル

2016年4月19日　第1刷発行
2023年5月26日　第12刷発行

監修／横山洋子

原作／ジュール・ベルヌ

編訳／芦辺 拓

絵／藤城 陽

装幀・デザイン／周 玉慧

発行人／土屋　徹

編集人／代田雪絵

企画編集／松山明代　髙橋美佐

編集協力／入澤宣幸　勝家順子　上埜真紀子

ＤＴＰ／株式会社アド・クレール

発行所／株式会社Gakken

〒141-8416 東京都品川区西五反田2-11-8

印刷所／株式会社広済堂ネクスト

この本に関する各種お問い合わせ先
●本の内容については、下記サイトのお問い合わせフォームよりお願いします。
https://www.corp-gakken.co.jp/contact/
●在庫については　Tel 03-6431-1197（販売部）
●不良品（落丁、乱丁）については　Tel 0570-000577
学研業務センター
〒354-0045　埼玉県入間郡三芳町上富279-1
●上記以外のお問い合わせは
Tel 0570-056-710（学研グループ総合案内）

NDC900　154P　21cm

物語《ものがたり》を読《よ》んで、
想像《そうぞう》のつばさを
大《おお》きく羽《は》ばたかせよう！
読書《どくしょ》の幅《はば》を
どんどん広《ひろ》げよう！

シリーズキャラクター
「名作《めいさく》くん」

また、あおう！